美しい日本の名俳句一〇〇〇

今井義和 選

彩図社

はじめに

本書は松尾芭蕉の近世から正岡子規以後の近代・現代までの俳人の名句1000句を掲載しています。日本の自然に加え日本人が育み守り継いできた伝統・文化や構築してきた諸施設に関して詠まれた秀作を取り上げています。日本は海に囲まれた島国であり国土の3分の2が森林におおわれた山地という豊かな自然に恵まれています。春夏秋冬の四季がはっきりと分かれており、日本人は昔から四季のあるこの国を愛してそれぞれの季節の楽しみ方や美しさを大切にしてきました。俳人は四季の折々に自然の輝きをとらえ、その移ろいの中で自己を見つめ日々の情感を凝縮した表現で詠んでいます。これらの自然に親しみ、自然を尊び詠まれた名句・秀句は日本人の心のよりどころとなる珠玉の言葉に満ちています。読者を必ずや美しき日本への共感へと誘うことでしょう。本書を手元において鑑賞願えれば幸いです。

句の配列はテーマごとに季語により春夏秋冬、新年、無季の順に分類して、各季においては俳人の生年順としました。所収句には原句にはない箇所にも現代かなづかいのルビを振って読みやすくしています。

目次

はじめに……3

第一章【自然】 7

【地象】

山・山河・山岳……8
海……15
川……21
湖・沼・池……26
滝……30
野・原……35
島……38
田畑……43

【天象】

空……48
日輪……53

月……58
星……62
雲……67
風……71
雨……75
雪……80
霞・朧・霧・露……83

第二章【施設】 89

神社……90
仏閣……95
城……101
港湾……106
船・舟……110
道……114
橋……118
鉄道・駅……122
町……127

第三章【生活】131
衣服……132
食……136
住居……141
行事・祭……145
遊び……152
第四章【動物】159
獣……160
鳥……164
虫……168
魚介……172
第五章【植物】179
樹木……180
花……184

第一章【自然】

【地象】

『山・山河・山岳』

春

春なれや名もなき山の薄霞《うすがすみ》　芭蕉《ばしょう》

雪解《ゆきどけ》や妙高《みょうこう》戸《と》隠《がくし》競ひ立つ　前田普羅《まえだふら》

上へ〳〵と重なりまろし春の山　富安風生《とみやすふうせい》

山の春神々雲を白うしぬ　飯田蛇笏《いいだだこつ》

雪の峰《みね》しづかに春ののぼりゆく　飯田龍太《いいだりゅうた》

山国の空に山ある山桜　三橋敏雄《みつはしとしお》

囀《さえず》りに山河《さんが》色めき立ちにけり　大串《おおぐし》章《あきら》

花の上に浮ぶや花の吉野山《よしのやま》　長谷川櫂《はせがわかい》

夏

六月や峰に雲置《おく》あらし山　芭蕉

夏山に鷺《さぎ》の並ぶや田植笠　許六《きょりく》

不二《ふじ》ひとつうづみのこして若葉哉《かな》　蕪村《ぶそん》

夏山を廊下づたひの温泉《いでゆ》哉　正岡子規《まさおかしき》

叡山《えいざん》に灯がつきにけり床涼《ゆかすず》み　青木月斗《あおきげつと》

雪解《ゆきげ》富士《ふじ》仰いでくゞる鳥居《とりい》かな　野村泊月《のむらはくげつ》

赤富士に露滂沱《つゆぼうだ》たる四辺《しへん》かな　富安風生《とみやすふうせい》

六甲《ろつこう》といふ万緑《ばんりよく》を横たふる　三村純也《みむらじゆんや》

秋

によつぽりと秋の空なる富士の山　鬼貫《おにつら》

芋《いも》の露連山《れんざん》影を正《ただし》うす　飯田蛇笏《いいだだこつ》

秋の山国土《こくど》安泰《あんたい》のすがたかな　飯田蛇笏

天そそる鳥海山《ちようかいさん》や出羽《でわ》の秋　田中王城《たなかおうじよう》

秋富士は朝《あした》父夕《ゆうべ》母の如《ごと》し　中村草田男《なかむらくさたお》

山山を統《す》べて富士在《あ》る良夜《りようや》かな　松本《まつもと》たかし

月明《げつめい》や乗鞍岳《のりくらだけ》に雪けむり　石橋辰之助《いしばしたつのすけ》

叡山《えいざん》やみるみる上がる盆の月　蘭草慶子《いぐさけいこ》

冬

鷹《たか》一点雪山眠り深きかな　青木月斗《あおきげっと》

駒《こま》ヶ《が》嶽《たけ》凍て丶巌《いわお》を落しけり　前田普羅《まえだふら》

奥白根《おくしらね》かの世の雪をかゞやかす　前田普羅

極寒《ごくかん》のちりもとゞめず岩ふすま　飯田蛇笏《いいだだこつ》

極月《ごくげつ》や雪山星をいたゞきて　飯田蛇笏

雪嶺《せつれい》に三日月の匕首《ひしゅ》飛べりけり　松本《まつもと》たかし

千年の吉野を喚起《かんき》雪しまく　河野青華《こうのせいか》

筑波嶺《つくばね》の古代むらさき冬夕焼《ふゆゆやけ》　戸恒東人《とつねはるひと》

新年

元日や松しづかなる東山《ひがしやま》　闌更《らんこう》

元日や一系《いつけい》の天子《てんし》不二《ふじ》の山　内藤鳴雪《ないとうめいせつ》

初空にうかみし富士の美《う》まし国　高浜虚子《たかはまきよし》

初富士や樹海《じゅかい》の雲に青鷹《もろかえり》　飯田蛇笏《いいだだこつ》

新年の山重なりて雪ばかり　室生犀星《むろうさいせい》

初富士の鳥居ともなる夫婦岩《めおといわ》　山口誓子《やまぐちせいし》

ほのぼのと二つ峰あり初筑波《はつつくば》　清崎敏郎《きよさきとしお》

あめつちを結ぶ雨糸初山河《はつさんが》　西宮舞《にしみやまい》

無季

分け入《い》つても分け入つても青い山　種田山頭火《たねださんとうか》

『海』

春

春の海終日《ひねもす》のたり〳〵かな　蕪村《ぶそん》

暁《あかつき》や北斗《ほくと》を浸《ひた》す春の潮　松瀬青々《まつせせいせい》

長崎の灯《ひ》に暮れにけり春の海　渡辺水巴《わたなべすいは》

ひらかなの柔らかさもて春の波　富安風生《とみやすふうせい》

流氷《りゅうひょう》や宗谷《そうや》の門波《となみ》荒れやまず　山口誓子

ひく波の跡《あと》美しや桜貝《さくらがい》　松本《まつもと》たかし

日本海見て下りて来《き》し雲雀《ひばり》かな　渡辺白泉《わたなべはくせん》

春浅し寄せくる波も貝がらも　川崎展宏《かわさきてんこう》

夏

島〳〵や千々《ちじ》にくだきて夏の海　芭蕉《ばしょう》

熊野路《くまのじ》やわけつつ入《い》れば夏の海　曾良《そら》

散りみだす卯波《うなみ》の花の鳴門《なると》かな　蝶夢《ちょうむ》

海霧《じり》はれて一舟の影海になし　富安風生《とみやすふうせい》

掌《て》に掬《すく》へば色なき水や夏の海　原石鼎《はらせきてい》

海中《わたなか》に都ありとぞ鯖火《さばび》もゆ　松本たかし

あるときは船より高き卯波かな　鈴木真砂女《すずきまさじょ》

のこりゐる海の暮色《ぼしょく》と草いきれ　木下夕爾《きのしたゆうじ》

秋

那古寺《なこでら》の椽《えん》の下より秋の海　正岡子規《まさおかしき》

秋海のなぎさづたひに巨帆《きよはん》かな
飯田蛇笏《いいだだこつ》

玄海の濤《なみ》の暗さや雁《かり》叫ぶ
杉田久女《すぎたひさじょ》

秋の航一大紺円盤《いちだいこんえんばん》の中
中村草田男《なかむらくさたお》

来てみれば花野の果ては海なりし
鈴木真砂女《すずきまさじょ》

鎌倉をぬけて海ある初秋《しょしゅう》かな
飯田龍太《いいだりゅうた》

秋の波崩《くず》れてはころがってくる
清崎敏郎《きよさきとしお》

秋潮の削《けず》り削るやあきつしま
長谷川櫂《はせがわかい》

冬

海くれて鴨《かも》のこゑほのかに白し　芭蕉《ばしょう》

北国の北のくらさや冬の海　小松月尚《こまつげつしょう》

燈台《とうだい》のまたゝき長し冬の海　富安風生《とみやすふうせい》

鵜《う》の岩に鵜のかげみえず冬の海　久保田万太郎《くぼたまんたろう》

突堤《とつてい》に鋭き灯《ひ》あり冬の海　日野草城《ひのそうじょう》

冬ぬくし海をいだいて三百戸　長谷川素逝《はせがわそせい》

身も透《す》くやただ一望《いちぼう》の冬の海　中村苑子《なかむらそのこ》

やあといふ朝日へおうと冬の海　矢島渚男《やじまなぎさお》

新年

松過《まつすぎ》の海へ出てみる夕ごころ　稲垣《いながき》きくの

ふるさとの海の香《か》にあり三ヶ日《さんがにち》　鈴木真砂女《すずきまさじょ》

初晴や果てなきごとく四方《よも》の海　片山由美子《かたやまゆみこ》

無季

海が少し見える小さい窓一つもつ
尾崎放哉《おざきほうさい》

しんしんと肺碧《あお》きまで海のたび
篠原鳳作《しのはらほうさく》

『川』

春

菜《な》の花の遥《はる》かに黄なり筑後川《ちくごがわ》
夏目漱石《なつめそうせき》

雪解川《ゆきげがわ》名山けづる響《ひびき》かな
前田普羅《まえだふら》

最上川嶺《もがみがわみね》もろともに霞《かす》みけり
石田波郷《いしだはきょう》

さくら咲きあふれて海へ雄物川《おものがわ》　森澄雄《もりすみお》

柳絮《りゅうじょ》とぶ川に友禅流《ゆうぜんなが》しかな　山崎《やまざき》ひさを

花湧《わ》いて雲となる日の日高川《ひだかがわ》　上田五千石《うえだごせんごく》

花びらの流るる音や貴船川《きぶねがわ》　長谷川櫂《はせがわかい》

北上川《きたかみがわ》や吹き戻されて春の鴨《かも》　藺草慶子《いぐさけいこ》

夏

五月雨《さみだれ》をあつめて早し最上川《もがみがわ》　芭蕉《ばしょう》

暑き日を海にいれたり最上川

芭蕉

夏河《なつかわ》を越すうれしさよ手に草履《ぞうり》

蕪村《ぶそん》

川越えし女の脛《はぎ》に花藻《はなも》かな

几董《きとう》

雪渓《せつけい》の下にたぎれる黒部川《くろべがわ》

高浜虚子《たかはまきよし》

夏霞《なつがすみ》脚下《きやつか》に碧《あお》き吉野川《よしのがわ》

青木月斗《あおきげつと》

雨つのるみんみん啼《な》けよ千曲川《ちくまがわ》

石田波郷《いしだはきよう》

夜どほしよ四万十川《しまんとがわ》の蝉鳴くは

中西夕紀《なかにしゆき》

秋

阿賀川《あがかわ》も紅葉も下に見ゆるなり

河東碧梧桐《かわひがしへきごとう》

秋深し神馬《しんめ》も恋ふる五十鈴川《いすずがわ》

石井露月《いしいろげつ》

木曾川《きそがわ》の今こそ光れ渡り鳥

高浜虚子《たかはまきよし》

落ち合うて川の名かはる紅葉かな

大谷句仏《おおたにくぶつ》

渋鮎《しぶあゆ》や神通川《じんつうがわ》の水澄みつ

青木月斗《あおきげつと》

菱《ひし》実る遠賀《おんが》の水路は縦横《じゅうおう》に　杉田久女《すぎたひさじょ》

鹿垣《ししがき》も夢前川《ゆめさきがわ》をさかのぼる　加藤三七子《かとうみなこ》

秋水《しゅうすい》がゆくかなしみのやうにゆく　石田郷子《いしだきょうこ》

冬

ながながと川一筋や雪の原　凡兆《ぼんちょう》

冬川や筏《いかだ》のすわる草の原　其角《きかく》

谷深み杉を流すや冬の川　夏目漱石《なつめそうせき》

雪散るや千曲《ちくま》の川音《かわと》立ち来《き》たり　臼田亜浪《うすだあろう》

一月《いちがつ》の川一月の谷の中　飯田龍太《いいだりゅうた》

冬川をたぐり寄せては布放《はな》つ　鮎山實《あめやまみのる》

大雪の岸ともりたる信濃川《しなのがわ》　長谷川櫂《はせがわかい》

冬川のゆくどこまでも天とゆく　恩田侑布子《おんだゆうこ》

『湖・沼・池』

春

古池や蛙飛《かわずとび》こむ水のおと　芭蕉《ばしょう》

四方《しほう》より花吹入《ふきいれ》てにほの波　芭蕉

萍《うきくさ》や池の真中《まなか》に生《お》ひ初《そむ》る　正岡子規《まさおかしき》

堤まだ柔《やわら》かくして春の池　富安風生《とみやすふうせい》

印旛沼《いんばぬま》の幾重《いくえ》の雲にかへる雁《かり》　飯田蛇笏《いいだだこつ》

山襞《やまひだ》の雪解水《ゆきげみず》みな湖《うみ》に入る　山口波津女《やまぐちはつじょ》

夏

郭公《ほととぎす》鳴《なく》や湖水のさゝにごり　丈草《じょうそう》

うき草や今朝はあちらの岸に咲く　乙由《おつゆう》

しづかさや湖水の底の雲の峰《みね》　一茶《いっさ》

古池に水草の花さかりなり　正岡子規《まさおかしき》

雨の沼蛍火《ほたるび》ひとつ光《て》り流れ　橋本多佳子《はしもとたかこ》

夏座敷すわれば草に消ゆる沼　木下夕爾《きのしたゆうじ》

秋

名月や池をめぐりて夜もすがら　　芭蕉《ばしょう》

不忍《しのばず》の池をめぐりて夜寒《よさむ》かな　　正岡子規

十和田湖《とわだこ》や幣《ぬさ》の花かもなかまど　　渡辺水巴《わたなべすいは》

沼の霧《きり》明けゆく樹々《きぎ》に流れ入る　　石橋辰之助《いしばしたつのすけ》

鯖雲《さばぐも》や吉備路《きびじ》に多き隠れ沼　　桂信子《かつらのぶこ》

秋の淡海《おうみ》かすみ誰にもたよりせず　　森澄雄《もりすみお》

冬

鳥どもも寝入つてゐるか余吾《よご》の海　路通《ろつう》

月一輪《いちりん》凍湖《とうこ》一輪光りあふ　橋本多佳子《はしもとたかこ》

夜の沼に雪乱れ降るかぎりなし　西東三鬼《さいとうさんき》

ねむるべしかの沼もいまはこほりをらむ　木下夕爾《きのしたゆうじ》

水のんで湖国《ここく》の寒さひろがりぬ　森澄雄《もりすみお》

浮く鴨や湖北《こほく》悲しきまで無音　河野青華《こうのせいか》

『滝』

春

ほろ〳〵と山吹《やまぶき》ちるか滝の音　芭蕉《ばしょう》

滝に乙鳥《つばめ》突き当らんとしては返る　夏目漱石《なつめそうせき》

滝のぼる蝶を見かけし富士道者《どうしゃ》　飯田蛇笏《いいだだこつ》

雪山に春のはじめの瀧こだま　大野林火《おおのりんか》

滝となる前のしづけさ藤《ふじ》映す　鷲谷七菜子《わしたにななこ》

夏

神にませばまこと美《うる》はし那智《なち》の滝　高浜虚子《たかはまきよし》

千尺の神杉《しんすぎ》の上滝かゝる　高浜虚子

奥能登《おくのと》や浦々かけて梅雨の滝　前田普羅《まえだふら》

白き滝妙義《みようぎ》の肌の窪《くぼ》深く　中村草田男《なかむらくさたお》

たのしさとさびしさ隣《とな》る滝の音　飯田龍太《いいだりゆうた》

万緑《ばんりよく》をしりぞけて滝とどろけり　鷲谷七菜子《わしたにななこ》

秋

滝の前に佇《た》てばかなしや暮の秋　本田《ほんだ》あふひ《あおい》

秋日たかし大滝かゝる嶺《みね》を遠く　飯田蛇笏《いいだだこつ》

滝に来て寒うなりけり紅葉狩《もみじがり》　田中王城《たなかおうじょう》

滝上に来てやや縮《ちぢ》むいわし雲　能村登四郎《のむらとしろう》

銀漢《ぎんかん》に鳴りとよもせる那智の滝　鈴木貞雄《すずきさだお》

冬

真上より滝見る冬木《ふゆき》平《たいら》かな　河東碧梧桐《かわひがしへきごとう》

大滝の涸《か》れたる山のさびしさよ　高浜虚子《たかはまきょし》

冬の旅滝山に入り滝尊《とうと》む　橋本多佳子《はしもとたかこ》

水中に滝深く落ち冬に入る　桂信子《かつらのぶこ》

八方に音捨ててゐる冬の滝　飯田龍太《いいだりゅうた》

眠る山漏刻《ろうこく》のごと滝落とす　鈴木貞雄《すずきさだお》

新年

大那智《おおなち》の瀧の上なる初御空《はつみそら》　野村泊月《のむらはくげつ》

滝の上に大鳥舞ひて三日かな　鍵和田柚子《かぎわだゆうこ》

『野・原』

春

若くさや人の来ぬ野の深みどり　嘯山《しょうざん》

春の野辺《のべ》橋なき川へ出でにけり　一茶《いっさ》

牛の眼に広がりてゐる春の野辺　道部臥牛《みちべがぎゅう》

春の雁《かり》鳴けば見上げし遠野原　長谷川《はせがわ》かな女《じょ》

春の野を持上《もた》げて伯耆大山《ほうきだいせん》を　森澄雄《もりすみお》

夏

ぐわうぐわうと夏野くつがへる大雨《たいう》かな　村上鬼城《むらかみきじょう》

卯《う》の花の村麦秋《ばくしゅう》の野原かな　河東碧梧桐《かわひがしへきごとう》

大阿蘇《あそ》の波なす青野夜もあをき　橋本多佳子《はしもとたかこ》

雲垣《くもがき》や雷鳥《らいちょう》鳴けるお花畑　石橋辰之助《いしばしたつのすけ》

たてよこに富士伸びてゐる夏野かな　桂信子《かつらのぶこ》

夏草の茂れる国や富士高く　長谷川櫂《はせがわかい》

秋

秋の野や花となる草ならぬ艸《くさ》　千代女《ちよじょ》

山は暮れて野は黄昏《たそがれ》の薄《すすき》かな　蕪村《ぶそん》

花野来て白き温泉《いでゆ》に浸《ひた》りけり　松本《まつもと》たかし

満目《まんもく》の花野ゆき花少し摘《つ》む　能村登四郎《のむらとしろう》

雲水《うんすい》の花野ふみゆく嵯峨野《さがの》かな　瀬戸内寂聴《せとうちじゃくちょう》

冬

玉川の一筋光る冬野かな　内藤鳴雪《ないとうめいせつ》

遠山に日の当りたる枯野かな　高浜虚子《たかはまきょし》

八方に山のしかかる枯野かな　松本《まつもと》たかし

よく眠る夢の枯野が青むまで　金子兜太《かねことうた》

枯野ゆく最も遠き灯《ひ》に魅《ひ》かれ　鷹羽狩行《たかはしゅぎょう》

『島』

春

島々に灯をともしけり春の海
正岡子規《まさおかしき》

竹生島《ちくぶしま》さしてましぐら東風《こち》の船
鈴木花蓑《すずきはなみの》

椿《つばき》咲く島の火山の日和《ひより》かな
尾崎放哉《おざきほうさい》

島からの手紙とどけば春めきぬ
片山由美子《かたやまゆみこ》

島々は伊勢《いせ》の神領《しんりょう》ひじき干す
長谷川櫂《はせがわかい》

夏

涼しさや八十島《やそしま》かけて月一つ　青蘿《せいら》

船涼し左右《そう》に迎ふる対馬壱岐《つしまいき》　高浜虚子《たかはまきよし》

風鈴や見馴《みな》れたれども淡路島《あわじしま》　山本梅史《やまもとばいし》

鹿《しか》と人いつより睦《むつ》み夏の潮　宇佐美魚目《うさみぎょもく》

国後《くなしり》を遥かに昆布《こんぶ》干しにけり　仙田洋子《せんだようこ》

秋

椀《わん》ほどの竹生島《ちくぶしま》見え秋日和《あきびより》　高浜虚子

松虫にささで寝る戸や城ヶ島《じようがしま》　松本《まつもと》たかし

甘蔗《きび》噛《か》んで旅愁せつなし宮古島《みやこじま》　中村苑子《なかむらそのこ》

借景《しやつけい》に瀬戸大橋《せとおおはし》も島の秋　清崎敏郎《きよさきとしお》

長き夜を長き語りに島歌舞伎《しまかぶき》　宮津昭彦《みやつあきひこ》

冬

能の残る寒き国なり佐渡《さど》が島《しま》　河東碧梧桐《かわひがしへきごとう》

八重山群島《やえやまぐんとう》カンナ咲かせて冬となす　鈴木真砂女《すずきまさじょ》

寒梅《かんばい》や波とがりくる竹生島《ちくぶしま》　宇佐美魚目《うさみぎょもく》

うすうすと島を鋤《す》くなり寒桜《かんざくら》　飴山　實《あめやまみのる》

冬怒濤《どとう》島に大火の歴史あり　大串　章《おおぐしあきら》

新年

初凪《はつなぎ》の島は置けるが如《ごと》くなり　高浜虚子《たかはまきょし》

小舟して島の祠《ほこら》へ鏡餅《かがみもち》　野村泊月《のむらはくげつ》

国生みのはじめの島の雑煮餅《ぞうにもち》　川崎展宏《かわさきてんこう》

一島《いっとう》をあげて万歳《まんざい》もてなせり　茨木和生《いばらきかずお》

『田畑』

春

妹《いも》がかぶる手拭《てぬぐい》白し苗代田《なわしろた》　寺田寅彦《てらだとらひこ》

みちのくの伊達《だて》の郡《こおり》の春田かな　富安風生《とみやすふうせい》

苗代の青や近江《おうみ》は真《ま》つ平《たい》ら　吉川英治《よしかわえいじ》

種蒔《ま》くや雪の立山《たてやま》神ながら　本田一杉《ほんだいっさん》

茶畑に川靄《かわもや》やさし奥三河《おくみかわ》　文挟夫佐恵《ふばさみふさえ》

耕人《こうじん》に傾き咲けり山ざくら　大串章《おおぐしあきら》

夏

田一枚植《うえ》て立《たち》去る柳かな　芭蕉《ばしょう》

松風の中を青田のそよぎかな　丈草《じょうそう》

きらきらと雨もつ麦の穂なみかな　蝶夢《ちょうむ》

一の田の水引き入るゝ二の田かな　佐藤紅緑《さとうこうろく》

何もかも映《うつ》りて加賀の田植かな　飴山實《あめやまみのる》

秋

掛稲《かけいね》に螽《いなご》飛びつく夕日かな　正岡子規《まさおかしき》

立山に初雪降れり稲を刈る　前田普羅《まえだふら》

稲かけて天《あま》の香具山《かぐやま》かくれたり　富安風生《とみやすふうせい》

稲刈つて鳥入れかはる甲斐《かい》の空　福田甲子雄《ふくだきねお》

未来図は直線多し早稲《わせ》の花　鍵和田《かぎわだ》秞子《ゆうこ》

冬

山畑《やまはた》や青みのこして冬構《ふゆがま》へ　去来《きょらい》

行く我に星も従ふ冬田かな　西山泊雲《にしやまはくうん》

冬耕《とうこう》の一人となりて金色《こんじき》に　西東三鬼《さいとうさんき》

千枚田《せんまいだ》めがけて飛雪越前町《ひせつえちぜんちょう》　大野林火《おおのりんか》

冬耕の日々美しき山を見て　飯田龍太《いいだりゅうた》

新年

天は晴れ地は湿《うるお》ふや鍬始《くわはじめ》

正岡子規《まさおかしき》

星降《ふ》りて水田にこぞる去年今年《こぞことし》

秋元不死男《あきもとふじお》

元日の田に出て鶏《とり》の吹かれをり

飴山實《あめやまみのる》

あめつちの地のあるかぎり鍬始

鷹羽狩行《たかはしゅぎょう》

【天象】

『空』

春

松島の鶴《つる》になりたや春の空　乙二《おつに》

大空に春の雲地に春の草　高浜虚子《たかはまきよし》

春めきてものの果てなる空の色　飯田蛇笏《いいだだこつ》

春天《しゅんてん》に鳩《はと》をあげたる伽藍《がらん》かな　川端茅舎《かわばたぼうしゃ》

蒲公英《たんぽぽ》や日はいつまでも大空に　中村汀女《なかむらていじょ》

あをあをと空を残して蝶《ちょう》分れ　大野林火《おおのりんか》

夏

夏空や花の名残《なごり》の朝ぐもり　許六《きょりく》

大空の見事に暮《くる》る暑哉《あつさかな》　一茶《いっさ》

夏空へ雲のらくがき奔放《ほんぽう》に　富安風生《とみやすふうせい》

美しき空と思ひぬ夏もまた　原石鼎《はらせきてい》

すゞかけも空もすがしき更衣《ころもがえ》　石田波郷《いしだはきょう》

青胡桃《あおくるみ》しなのの空のかたさかな　上田五千石《うえだごせんごく》

秋

青空に指で字をかく秋の暮《くれ》　一茶《いっさ》

秋空や高きは深き水の色　松根東洋城《まつねとうようじょう》

御空《みそら》より発止《はっし》と鵙《もず》や菊日和《きくびより》　川端茅舎《かわばたぼうしゃ》

わが比叡《ひえい》比良《ひら》と嶺《ね》わかつ秋の空　橋本多佳子《はしもとたかこ》

空は太初《たいしょ》の青さ妻より林檎《りんご》うく　中村草田男《なかむらくさたお》

唐崎《からさき》の松は気ままに秋の空　大串章《おおぐしあきら》

冬

寒空《さむぞら》やただ暁《あかつき》の峰の松　暁台《きょうたい》

昼の月のせてめぐるや冬の空　高浜虚子《たかはまきよし》

春待つや空美しき国に来て　佐藤紅緑《さとうこうろく》

鴇色《ときいろ》の空より湧《わ》いて虎落笛《もがりぶえ》　飯田龍太《いいだりゅうた》

冬天《とうてん》へ杉は槍《やり》なす平家村　鍵和田秞子《かぎわだゆうこ》

冬晴の空を斜《なな》めに鳥の声　片山由美子《かたやまゆみこ》

新年

初空《はつぞら》や鳥をのするうしの鞍《くら》　嵐雪《らんせつ》

初ぞらに渡して星のうすひかり　野坡《やば》

はつそらのたま〳〵月をのこしけり　久保田万太郎《くぼたまんたろう》

白山《はくさん》の初空にしてまさをなり　飴山實《あめやまみのる》

『日輪』

春

春の日や鴎《かもめ》ねぶれる波の上　闌更《らんこう》

あふむけば口いつぱいにはる日哉《かな》　成美《せいび》

大いなる春日《はるひ》の翼《つばさ》垂《た》れてあり　鈴木花蓑《すずきはなみの》

山国の春日を噛《か》みて鶏《とり》の冠《さか》　飯田蛇笏《いいだだこつ》

大佛《だいぶつ》の俯向《うつむ》き在《おは》す春日かな　松本《まつもと》たかし

鎌倉にかたむく春の日差《ひざし》かな　川崎展宏《かわさきてんこう》

夏

あらたうと青葉若葉の日の光　芭蕉《ばしよう》

若竹や夕日の嵯峨《さが》と成《なり》にけり　蕪村《ぶそん》

日盛《ひざか》りに蝶のふれ合ふ音すなり　松瀬青々《まつせせいせい》

夏の日を淡《あわ》しと思ふ額《がく》の花　野村泊月《のむらはくげつ》

日の光り初夏傾けて照りわたる　横光利一《よこみつりいち》

太陽の出《い》でて没《い》るまで青岬《あおみさき》　山口誓子《やまぐちせいし》

秋

牧人《ぼくじん》の日出《いず》る方や秋の峯《みね》　河東碧梧桐《かわひがしへきごとう》

桐一《きりひと》葉《は》日当《あた》りながら落ちにけり　高浜虚子《たかはまきょし》

秋しばし寂日輪《じゃくにちりん》をこずゑかな　飯田蛇笏《いいだだこつ》

門近く朝日夕日の林檎園《りんごえん》　大野林火《おおのりんか》

日輪のすゝけ顔あり霧襖《きりぶすま》　石橋辰之助《いしばしたつのすけ》

山家《やまが》みな秋日の縁《えん》に何か干し　三村純也《みむらじゅんや》

冬

田鶴《たず》舞ふや日輪峰を登りくる　杉田久女《すぎたひさじょ》

日輪に除雪車雪をあげてすすむ　橋本多佳子《はしもとたかこ》

冬の日の海に没《い》る音をきかんとす　森澄雄《もりすみお》

雪原を倖せとみる日輪《ひ》のかがやき　赤尾兜子《あかおとうし》

ずぶ濡れの太陽上り春待つ森　山崎《やまざき》ひさを

海に入《い》る直前冬日拡《ひろ》がれる　小澤《おざわ》實《みのる》

新年

うちはれて障子《しょうじ》も白し初日影　鬼貫《おにつら》

初日《はつひ》さす硯《すずり》の海に波もなし　正岡子規《まさおかしき》

たちまちに日の海となり初景色　鷹羽狩行《たかはしゅぎょう》

年迎ふ日出《い》づる国の土偶《どぐう》たち　鍵和田秞子《かぎわだゆうこ》

白鳥の初日を浴びて羽ばたけり　大串章《おおぐしあきら》

『月』

春

清水《きよみず》の上から出たり春の月　許六《きょりく》

大原《おおはら》や蝶の出て舞ふ朧月《おぼろづき》　丈草《じょうそう》

居酒屋の喧嘩《けんか》押し出す朧月　正岡子規《まさおかしき》

蹴《け》あげたる鞠《まり》のごとくに春の月　富安風生《とみやすふうせい》

外《と》にも出よ触るるばかりに春の月　中村汀女《なかむらていじょ》

紺絣《こんがすり》春月《しゆんげつ》重く出《い》でしかな　飯田龍太《いいだりゆうた》

雪解《ゆきどけ》の大きな月がみちのくに　矢島渚男《やじまなぎさお》

夏

涼しさやほの三か月《みかづき》の羽黒山《はぐろさん》　芭蕉《ばしよう》

市中《いちなか》は物のにほひや夏の月　凡兆《ぼんちよう》

蚊帳《かや》を出て又障子《しようじ》あり夏の月　丈草

すゞしさや袖《そで》にさし入る海の月　樗良《ちよら》

明けいそぐ夜《よ》のうつくしや竹の月　几董《きとう》

風鈴に大きな月のかゝりけり　高浜虚子《たかはまきよし》

夏月に一星そひて嶺《みね》に果《は》つ　飯田龍太《いいだりゅうた》

秋

名月や池をめぐりて夜もすがら　芭蕉《ばしょう》

鎖《じょう》あけて月さし入《いれ》よ浮《うき》み堂　芭蕉

名月や畳《たたみ》の上に松の影　其角《きかく》

月天心《てんしん》貧しき町を通りけり　蕪村《ぶそん》

名月を取《とつ》てくれろと泣く子哉《かな》　一茶《いつさ》

満月の紅《あか》き球体出《い》で来たる　山口誓子《やまぐちせいし》

尾道《おのみち》は崖《がけ》千軒の月夜かな　長谷川櫂《はせがわかい》

冬

此木戸《このきど》や鎖《じょう》のさゝれて冬の月　其角

笛の音《ね》のいつからやみて冬の月　也有《やゆう》

寒月《かんげつ》や僧に行き合ふ橋の上　蕪村《ぶそん》

これやこの冬三日月の鋭《と》きひかり　久保田万太郎《くぼたまんたろう》

冬満月佐渡《さど》より寄する波がしら　文挾夫佐恵《ふばさみふさえ》

信濃《しなの》全山十一月の月照らす　桂信子《かつらのぶこ》

戸口まで道が来ており冬の月　鳴戸奈菜《なるとなな》

『星』

春

すかし見て星に淋しき柳かな　樗良《ちょら》

乗鞍《のりくら》のかなた春星《しゅんせい》かぎりなし　前田普羅《まえだふら》

綺羅星《きらぼし》の中にわが星春の星　富安風生《とみやすふうせい》

旅さびし汐《しお》満つ音と春の星　中村汀女《なかむらていじょ》

名ある星春星としてみなうるむ　山口誓子《やまぐちせいし》

旅の荷を解かずにをりぬ春の星　片山由美子《かたやまゆみこ》

夏

夏の星影なつかしもくれかかる　鬼貫《おにつら》

灯《ひ》を消せば涼しき星や窓に入る　夏目漱石《なつめそうせき》

面舵《おもかじ》に船傾きて星涼し　高浜虚子《たかはまきょし》

初夏の星座だ蜜柑《みかん》の花がにほつて　北原白秋《きたはらはくしゅう》

乳母車《うばぐるま》から指す夏の親子星　中村草田男《なかむらくさたお》

夜明前夏星のせて忘《わす》れ潮《じお》　秋元不死男《あきもとふじお》

秋

荒海《あらうみ》や佐渡《さど》によこたふ天河《あまのがわ》　芭蕉《ばしよう》

更《ふ》け行くや水田《みずた》のうへの天の川　惟然《いぜん》

山の温泉《ゆ》や裸の上の天の河　正岡子規《まさおかしき》

星一つ命燃えつつ流れけり　高浜虚子

秋の星遠くしづみぬ桑畑　飯田蛇笏《いいだだこつ》

星空へ店より林檎《りんご》あふれをり　橋本多佳子《はしもとたかこ》

冬

寒き夜や折れ曲りたる北斗星《ほくとせい》
村上鬼城《むらかみきじょう》

大寒《だいかん》の星に雪吊《ゆきつ》り光りけり
久保田万太郎《くぼたまんたろう》

寒昴《かんすばる》天のいちばん上の座に
山口誓子《やまぐちせいし》

橇《そり》がゆき満天の星幌《ほろ》にする
橋本多佳子《はしもとたかこ》

鳴り出《い》づるごとく出揃《でそろ》ひ寒の星
鷹羽狩行《たかはしゅぎょう》

金星のみづみづしさよ冬景色
櫂未知子《かいみちこ》

『雲』

春

山遊び我に随《したが》ふ春の雲
石井露月《いしいろげつ》

春更《ふ》けて諸鳥《もろどり》啼《な》くや雲の上
前田普羅《まえだふら》

春の雲ながめてをればうごきけり
日野草城《ひのそうじょう》

春の雲人に行方《ゆくえ》を聴くごとし
飯田龍太《いいだりゅうた》

耕人《こうじん》のまだ白雲の下にゐる
鷲谷七菜子《わしたにななこ》

田に人のゐるやすらぎに春の雲　宇佐美魚目《うさみぎょもく》

夏

雲の峰幾つ崩《くずれ》て月の山　芭蕉《ばしょう》

萱草《かんぞう》や浅間《あさま》をかくすちぎれ雲　寺田寅彦《てらだとらひこ》

雲海《うんかい》や一天不壊《ふえ》の碧《あお》さあり　大谷碧雲居《おおたにへきうんきょ》

父のごとき夏雲立てり津山《つやま》なり　西東三鬼《さいとうさんき》

朝焼《あさやけ》の雲海尾根を溢《あふ》れ落つ　石橋辰之助《いしばしたつのすけ》

雲のぼる六月宙《ちう》の深山蟬《みやまぜみ》　飯田龍太《いいだりゅうた》

秋

上行《うえいく》と下くる雲や秋の天　凡兆《ぼんちょう》

どこからともなく雲が出て来て秋の雲　種田山頭火《たねださんとうか》

ゆく雲にしばらくひそむ帰燕《きえん》かな　飯田蛇笏《いいだだこつ》

雲怪《あや》し見る見る萩《はぎ》を捲《ま》いて去る　長谷川零余子《はせがわれいよし》

谿《たに》さびし穂高《ほだか》の上の秋の雲　石橋辰之助

蔓草《つるくさ》も秋立つ雲をまとひけり　木下夕爾《きのしたゆうじ》

鰯雲《いわしぐも》この一族の大移動　茨木和生《いばらきかずお》

冬

ほんやりと峰より峰の冬の雲　惟然《いぜん》

冬の雲土手築く町の果《はて》さびし　富田木歩《とみたもっぽ》

寒雲《かんうん》の二つ合《あわ》して海暮るる　渡辺白泉《わたなべはくせん》

冬の雲なほ捨てきれぬこころざし　鷲谷七菜子《わしたにななこ》

鈴懸《すずかけ》の木と凍雲《いてぐも》といつまでも　石田郷子《いしだきょうこ》

『風』

春

春風や堤《つつみ》ごしなる牛のこゑ　来山《らいざん》

春風や堤長うして家遠し　蕪村《ぶそん》

春風や牛に引《ひか》れて善光寺《ぜんこうじ》　一茶《いっさ》

春風や仏を刻《きざ》む鉋屑《かんなくず》　大谷句仏《おおたにくぶつ》

夕暮の水のとろりと春の風　臼田亜浪《うすだあろう》

街角《まちかど》の風を売るなり風車《かざぐるま》　三好達治《みよしたつじ》

夏

涼風《すずかぜ》や青田のうへの雲の影　許六《きょりく》

夕風や水青鷺《あおさぎ》の脛《はぎ》を打つ　蕪村《ぶそん》

涼風の曲《まが》りくねって来たりけり　一茶《いっさ》

心よき青葉の風や旅姿　正岡子規《まさおかしき》

海からの風山からの風薫《かお》る　鷹羽狩行《たかはしゅぎょう》

大歩危《おおぼけ》や川の中ゆく青嵐《あおあらし》　矢島渚男《やじまなぎさお》

秋

石山の石より白し秋の風　芭蕉《ばしょう》

秋風や伊予《いよ》へ流るる汐の音　正岡子規

妙高《みょうこう》の雲動かねど秋の風　大須賀乙字《おおすがおつじ》

秋たつや川瀬にまじる風の音　飯田蛇笏《いいだだこつ》

秋風や模様のちがふ皿二つ　原石鼎《はらせきてい》

吹きおこる秋風鶴《つる》をあゆましむ　石田波郷《いしだはきよう》

冬

凩《こがらし》の果《はて》はありけり海の音　言水《ごんすい》

凩や海に夕日を吹き落とす　夏目漱石《なつめそうせき》

北風にあらがふことを敢《あえ》てせじ　富安風生《とみやすふうせい》

凩や目刺《めざし》に残る海の色　芥川龍之介《あくたがわりゅうのすけ》

海に出て木枯《こがらし》帰るところなし　山口誓子《やまぐちせいし》
凩にこころさすらふ湯呑《ゆのみ》かな　鍵和田秞子《かぎわだゆうこ》

『雨』

春

春雨《はるさめ》やされども笠に花すみれ　園女《そのめ》
春雨や小磯《こいそ》の小貝ぬるゝほど　蕪村《ぶそん》
竹はまだ雪の寝癖《ねぐせ》や春の雨　麦水《ばくすい》

傘さゝぬ人のゆきゝや春の雨　永井荷風《ながいかふう》

春雨や伽羅《きやら》たけば今朝指匂《にお》ふ　瀬戸内寂聴《せとうちじやくちよう》

春雨や大和三山《やまとさんざん》御簾《みす》籠《ごも》り　西宮舞《にしみやまい》

夏

五月雨《さみだれ》の降《ふり》のこしてや光堂《ひかりどう》　芭蕉《ばしよう》

夕立に走り下るや竹の蟻《あり》　丈草《じようそう》

さみだれや大河《たいが》を前に家二軒　蕪村《ぶそん》

夕立や草葉をつかむ村雀《むらすずめ》　蕪村

かたつむり甲斐《かい》も信濃《しなの》も雨のなか　飯田龍太《いいだりゅうた》

恵那山《えなさん》の雨叩《たた》きゆく栗《くり》の花　宇佐美魚目《うさみぎょもく》

秋

越後節蔵《えちごぶしくら》にきこえて秋の雨　一茶《いっさ》

灯《ひ》ともれる障子《しょうじ》ぬらすや秋の雨　高浜虚子《たかはまきょし》

雨やんで庭しづかなり秋の蝶《ちょう》　永井荷風

つち船の土がくづるる秋の雨　長谷川春草《はせがわしゅんそう》

雨音《あまおと》のかむさりにけり虫の宿　松本《まつもと》たかし

杉玉《すぎだま》の新酒のころを山の雨　文挾夫佐恵《ふばさみふさえ》

冬

三十六峰《ぽう》我も我もと時雨《しぐれ》けり　夏目漱石《なつめそうせき》

時雨つゝ大原女《おはらめ》言葉交《かわ》しゆく　高浜虚子《たかはまきよし》

天地《あめつち》の間にほろと時雨かな　高浜虚子

うしろすがたのしぐれてゆくか
種田山頭火《たねださんとうか》

時雨《しぐ》るゝや堀江《ほりえ》の茶屋に客一人
芥川龍之介《あくたがわりゅうのすけ》

うつくしきあぎととあへり能登時雨《のとしぐれ》
飴山實《あめやまみのる》

新年

お降《さがり》や袴《はかま》ぬぎたる静心《しずごころ》
村上鬼城《むらかみきじょう》

御降《おさが》りの雪にならぬも面白き
正岡子規《まさおかしき》

御降りの松青うしてあがりけり
石田波郷《いしだはきょう》

『雪』

春

湯屋《ゆや》まではぬれて行《ゆき》けり春の雪　来山《らいざん》

古郷《ふるさと》や餅《もち》につき込《こむ》春の雪　一茶《いっさ》

淡雪《あわゆき》や橋の袂《たもと》の瀬多《せた》の茶屋　井上井月《いのうえせいげつ》

残雪やごうごうと吹く松の風　村上鬼城《むらかみきじょう》

雪残る頂《いただき》一つ国境《くにざかい》　正岡子規《まさおかしき》

一枚の餅のごとくに雪残る　川端茅舎《かわばたぼうしゃ》

綿雪《わたゆき》やしづかに時間舞ひはじむ　森澄雄《もりすみお》

冬

応々《おうおう》といへど敲《たた》くや雪の門《かど》　去来《きょらい》

下京《しもぎょう》や雪つむ上の夜の雨　凡兆《ぼんちょう》

鵯《ひよどり》のそれきり啼《な》かず雪の暮　臼田亜浪《うすだあろう》

鳥とぶや深雪《みゆき》がかくす飛騨《ひだ》の国　前田普羅《まえだふら》

雪の水車ごつとんことりもう止《や》むか　大野林火《おおのりんか》

雪降れり時間の束《たば》の降るごとく　石田波郷《いしだはきょう》

雪《ゆき》吊《つ》りの縄の香《か》に憑《つ》く夕明り　飯田龍太《いいだりゅうた》

丹頂《たんちょう》に薄墨色《うすずみいろ》の雪降り来《く》　西嶋《にしじま》あさ子《こ》

まだもののかたちに雪の積もりをり　片山由美子《かたやまゆみこ》

石狩《いしかり》は天衣無縫《てんいむほう》の雪ばかり　櫂未知子《かいみちこ》

新年

ひめはじめ八重垣《やえがき》つくる深雪《みゆき》かな　増田龍雨《ますだりゅうう》

前髪にちらつく雪や初不動《はつふどう》　石田波郷

『霞・朧・霧・露』

春

辛崎《からさき》の松は花より朧《おぼろ》にて　芭蕉《ばしょう》

遠浅に小貝ひらふや夕霞《ゆうがすみ》　白雄《しらお》

山陰や春の露《つゆ》おく柴桜《しばざくら》　石井露月《いしいろげつ》

風呂の戸にせまりて谷の朧かな　原石鼎《はらせきてい》

能舞台朽《く》ちて朧のものの影　鷲谷七菜子《わしたにななこ》

田に鷺《さぎ》の舞ひ翔《た》ち比良《ひら》は霞みをり　中西夕紀《なかにしゆき》

夏

東雲《しののめ》や西は月夜に夏の露《つゆ》　来山《らいざん》

夏霧《なつぎり》に濡れてつめたし白い花　乙二《おつに》

一坊《いちぼう》や比枝《ひえ》から湖《うみ》を夏霞　松根東洋城《まつねとうようじょう》

夏霧の海より湧《わ》きて海に去り　鈴木真砂女《すずきまさじょ》

するするとのびし岬や夏霞　桂信子《かつらのぶこ》

露涼《つゆすず》し山家《やまが》に小さき魚籠《びく》吊《つ》られ　大串 章《おおぐしあきら》

秋

しら露もこぼさぬ萩《はぎ》のうねり哉《かな》　芭蕉《ばしょう》

蔓《つる》踏んで一山《いちざん》の露動きけり　原石鼎

金剛《こんごう》の露ひとつぶや石の上　川端茅舎《かわばたぼうしゃ》

霧《きり》ふかき積石《ケルン》に触《ふ》るるさびしさよ　石橋辰之助《いしばしたつのすけ》

白川村《しらかわむら》夕霧すでに湖底《こてい》めく　能村登四郎《のむらとしろう》

暁紅《ぎょうこう》に露の藁屋《わらや》根合掌《ねがっしょう》す　能村登四郎

冬

月光のしみる家郷《かきょう》の冬の霧　飯田蛇笏《いいだだこつ》

冬霞《ふゆがすみ》皇居は水をめぐらせる　大谷碧雲居《おおたにへきうんきょ》

冬霧や四条を渡る楽屋入り　中村吉右衛門《なかむらきちえもん》

塔一つ灯《とも》りて遠し冬の霧　藺草慶子《いぐさけいこ》

新年

初霞《はつがすみ》立つや温泉《ゆ》の湧《わ》く谷七つ　内藤鳴雪《ないとうめいせつ》

初がすみうしろは灘《なだ》の縹色《はなだいろ》　赤尾兜子《あかおとうし》

葛城《かつらぎ》の神のねむりの初霞　川崎展宏《かわさきてんこう》

第二章【施設】

『神社』

春

此《この》梅に牛も初音《はつね》と鳴《なき》つべし　芭蕉《ばしょう》

神苑《しんえん》に鶴《つる》放ちけり梅の花　夏目漱石《なつめそうせき》

禰宜《ねぎ》の子の烏帽子《えぼし》つけたり藤の花　夏目漱石

ひた〳〵と春の潮打つ鳥居《とりい》哉《かな》　河東碧梧桐《かわひがしへきごとう》

祠《ほこら》あり一木《いちぼく》の桃の花盛り　高浜虚子《たかはまきょし》

花風に八坂《やさか》神社の篝《かがり》かな　長谷川《はせがわ》かな女《じょ》

葛城《かつらぎ》の神おはします夜の梅　川崎展宏《かわさきてんこう》

夏

うれしげに回廊《かいろう》はしる鹿《しか》の子かな　蝶夢《ちょうむ》

葭《よし》の中に宮居《みやい》の道や松落葉《まつおちば》　河東碧梧桐

神事《しんじ》近き作り舞台や楠若葉《くすわかば》　河東碧梧桐

夜詣《よまいり》や茅《ち》の輪《わ》にさせる社務所《しゃむしょ》の灯《ひ》　高浜虚子《たかはまきょし》

息災《そくさい》にありあれ茅の輪潜《くぐ》りつゝ　石塚友二《いしづかともじ》

蛍火や若狭《わかさ》神社に彦と姫　鷹羽狩行《たかはしゅぎょう》

形代《かたしろ》に書きて佳《よ》き名と言はれけり　片山由美子《かたやまゆみこ》

秋

蕣《あさがお》の花喰《く》ふ鹿や厳島《いつくしま》　正岡子規《まさおかしき》

秋雨《あきさめ》や葛這《くずは》ひ出でし神の庭　前田普羅《まえだふら》

秋雨や那智《なち》参道は昼灯《ともし》　高橋淡路女《たかはしあわじょ》

石塊《いしくれ》ののりし鳥居《とりい》や法師蝉《ほうしぜみ》
芝不器男《しばふきお》

霧の杉神事《しんじ》の笛のつらぬける
鷲谷七菜子《わしたにななこ》

空稲架《からはざ》を玉垣《たまがき》なせる佐太《さだ》神社
宮津昭彦《みやつあきひこ》

松山は東雲《しののめ》神社穴まどひ
小澤實《おざわみのる》

冬

木枯《こがらし》や明治神宮肅《しゆく》と森
松根東洋城《まつねとうようじょう》

冬の山神社に遠き鳥居哉《かな》
尾崎放哉《おざきほうさい》

松風に神馬《しんめ》のいななき冬至梅《とうじばい》　飯田蛇笏《いいだだこつ》

土器《かわらけ》にともし火燃ゆる神楽《かぐら》かな　飯田蛇笏

帯解《おびとき》や雨の中打つ宮太鼓《みやだいこ》　石橋秀野《いしばしひでの》

夜神楽に太古《たいこ》の星のひかりだす　大串章《おおぐしあきら》

正統の一本締《いっぽんじめ》や酉《とり》の市《いち》　仁平勝《にひらまさる》

新年

男山《おとこやま》仰ぎて受くる破魔矢《はまや》かな　高浜虚子《たかはまきょし》

日本がここに集る初詣《はつもうで》　山口誓子《やまぐちせいし》

初詣五十鈴川《いすずがわ》には銭沈む　山口波津女《やまぐちはつじょ》

『仏閣』

春

奈良七重《ななえ》七堂伽藍《しちどうがらん》八重《やえ》ざくら　芭蕉《ばしょう》

花散るや伽藍の枢《くるる》落し行く　凡兆《ぼんちょう》

日くれたり三井寺《みいでら》下《くだ》る春のひと　暁台《きょうたい》

鹿苑寺《ろくおんじ》鶯《うぐいす》水をわたりけり　青木月斗《あおきげつと》

蒼空《あおぞら》の松の雪解《ゆきげ》や光悦寺《こうえつじ》　野村泊月《のむらはくげつ》

阿修羅《あしゅら》あり雲雀《ひばり》あがれる興福寺《こうふくじ》　森澄雄《もりすみお》

東大寺《とうだいじ》湯屋《ゆや》の空ゆく落花《らっか》かな　宇佐美魚目《うさみぎょもく》

如月《きさらぎ》の水にひとひら金閣寺《きんかくじ》　川崎展宏《かわさきてんこう》

夏

若葉して御《おん》めの雫《しずく》ぬぐはゞや　芭蕉《ばしょう》

閑《しずか》さや岩にしみ入《いる》蝉の声　芭蕉

塔ばかり見へて東寺《とうじ》は夏木立《なつこだち》　一茶《いっさ》

夏木立深うして見ゆる天王寺《てんのうじ》　河東碧梧桐《かわひがしへきごとう》

炎天の空美しや高野山《こうやさん》　高浜虚子《たかはまきょし》

義仲寺《ぎちゅうじ》を辞すくちなしが低く咲き　横山白虹《よこやまはくこう》

法隆寺《ほうりゅうじ》白雨《はくう》やみたる雫《しずく》かな　飴山實《あめやまみのる》

十人の僧立ち上がる牡丹《ぼたん》かな　藺草慶子《いぐさけいこ》

秋

菊の香やな良には古き仏達《ほとけたち》
芭蕉《ばしょう》

柿くへば鐘が鳴るなり法隆寺《ほうりゅうじ》
正岡子規《まさおかしき》

鎌倉の寺々かこむ芒《すすき》かな
前田普羅《まえだふら》

寺の扉《と》の谷に響くや今朝の秋
原石鼎《はらせきてい》

枝ながら柿そなへあり山の寺
竹下しづの女《たけしたしづのじょ》

一燈《いっとう》なく唐招提寺《とうしょうだいじ》月明《げつめい》に
橋本多佳子《はしもとたかこ》

鈴虫を梵音《ぼんのん》と聴く北の寺　瀬戸内寂聴《せとうちじゃくちょう》

ことごとく秋思《しゅうし》十一面観音　鷹羽狩行《たかはしゅぎょう》

冬

山寺や雪の底なる鐘の声　一茶《いっさ》

初冬の竹緑なり詩仙堂《しせんどう》　内藤鳴雪《ないとうめいせつ》

杉木立《すぎこだち》寺を蔵《かく》して時雨《しぐれ》けり　夏目漱石《なつめそうせき》

寺々の中に家ある干菜《ほしな》かな　岡本松浜《おかもとしょうひん》

しぐれ来《き》し三千院の玄関かな　田中王城《たなかおうじよう》

冬ざれや石段おりて御堂《みどう》あり　中村草田男《なかむらくさたお》

極月《ごくげつ》の松風もなし萬福寺《まんぷくじ》　石田波郷《いしだはきよう》

大本山永平寺《だいほんざんえいへいじ》雪掻《か》く音の低からず　橋本榮治《はしもとえいじ》

新年

若菜野《わかなの》や八つ谷原《やはら》の長命寺《ちようめいじ》　石田波郷

観音の頤《おとがい》仰ぐ淑気《しゆくき》かな　森澄雄《もりすみお》

天台《てんだい》や一灯《いっとう》を守る初比叡《はつひえい》　　川崎展宏《かわさきてんこう》

『城』

春

菜《な》の花の中に城あり郡山《こおりやま》　　許六《きょりく》

人寄せぬ桜咲《さき》けり城の山　　一茶《いっさ》

春や昔十五万石の城下《じょうか》かな　　正岡子規《まさおかしき》

小諸《こもろ》なる古城に摘《つ》みて濃き菫《すみれ》　　久米三汀《くめさんてい》

城を出《で》し落花《らつか》一片いまもとぶ　山口誓子《やまぐちせいし》

引鶴《ひきづる》の径《みち》ひかりたる多賀城趾《たがじようし》　宮坂静生《みやさかしずお》

春霞《はるがすみ》白鷺城《しらさぎじよう》の行方《ゆくえ》かな　鳴戸奈菜《なるとなな》

夏

鮒《ふな》ずしや彦根《ひこね》の城に雲かゝる　蕪村《ぶそん》

舟中《せんちゆう》に城を仰ぐや蝉《せみ》遠し　青木月斗《あおきげつと》

城の樹《き》に蝉鳴き澄《す》めり京近し　西東三鬼《さいとうさんき》

いかなる日も古城は悲し青蜥蜴《あおとかげ》　橋本多佳子《はしもとたかこ》

炎天の城や四壁《しへき》の窓深し　中村草田男《なかむらくさたお》

城址《しろあと》に立膝《たてひざ》少年夏霞《なつがすみ》　中村草田男

葉桜《はざくら》や天守《てんしゅ》さびしき高さにて　上田五千石《うえだごせんごく》

炎天の石の剛直《ごうちょく》安土《あづち》城　橋本榮治《はしもとえいじ》

秋

城内に踏まぬ庭あり轡虫《くつわむし》　太祇《たいぎ》

見上ぐれば城屹《きつ》として秋の空　夏目漱石《なつめそうせき》

松山や秋より高き天守閣　正岡子規《まさおかしき》

敗荷《やれはす》見て城址《じょうし》に登る風白し　青木月斗《あおきげっと》

秋天の天守閣より樋《とい》下る　松本《まつもと》たかし

渡り鳥小田原《おだわら》城に梨《なし》食へば　石塚友二《いしづかともじ》

冬

明方《あけがた》や城をとりまく鴨《かも》の声　許六《きょりく》

立籠《たてこも》る上田の城や冬木立《ふゆこだち》　夏目漱石

要害《ようがい》の城や小春の旧山河《きゅうさんが》　河東碧梧桐《かわひがしへきごとう》

武者返《むしゃがえ》し冬青空は雲飛ばす　中村汀女《なかむらていじょ》

城壁《じょうへき》の冬の日だまり城は亡く　加藤郁乎《かとういくや》

茶が咲いて多賀城址《たがじょうし》空広きこと　宮津昭彦《みやつあきひこ》

新年

千代田城松みどりなる大旦《おおあした》

飯田蛇笏《いいだだこつ》

城に灯が入りかまくらもともるなり

大野林火《おおのりんか》

『港湾』

春

あたゝかに白壁《しらかべ》ならぶ入江哉《かな》

正岡子規《まさおかしき》

鶴引きて鶸《ひわ》色の陽に河港《かこう》あり

飯田蛇笏

清水港富士たかすぎて暮の春　飯田蛇笏

くもるとき港さびしや春浅き　中村汀女《なかむらていじょ》

船旅の港たよりに蜃気楼《しんきろう》　中西夕紀《なかにしゆき》

夏

夏至《げし》白夜《はくや》濤《なみ》たちしらむ漁港かな　飯田蛇笏

港見るうしろに青き蚊帳《かや》吊られ　橋本多佳子《はしもとたかこ》

晩涼《ばんりよう》の空に連《つ》らなる出船あり　中村汀女《なかむらていじよ》

港通り日覆《ひよけ》はやめて海青し　大野林火《おおのりんか》

長崎は港に音す花樗《はなおうち》　森澄雄《もりすみお》

秋

ふるさとの月の港をよぎるのみ　高浜虚子《たかはまきよし》

船の名の月に読まるゝ港かな　日野草城《ひのそうじよう》

一湾《いちわん》の潮《うしお》しづもるきりぎりす　山口誓子《やまぐちせいし》

秋の船風吹く港出てゆけり　飯田《いいだ》龍太《りゅうた》

銀漢《ぎんかん》や安房《あわ》の湊《みなと》に土佐《とさ》の船　大串《おおぐし》　章《あきら》

冬

白き巨船《ふね》きたれり春も遠からず　大野林火

冬かもめ小《ち》さき漁港に小さき船　文挾《ふばさみ》夫佐恵《ふさえ》

冬の波冬の波止場《はとば》に来て返す　加藤《かとう》郁乎《いくや》

大年《おおとし》の湾を出《い》でゆく銅鑼《どら》鳴らし　鈴木《すずき》貞雄《さだお》

破《や》れ障子《しょうじ》から群青《ぐんじょう》の東京湾　櫂未知子《かいみちこ》

『船・舟』

春

上《のぼ》り帆の淡路《あわじ》はなれぬ潮干《しおひ》哉　去来《きょらい》

菜の花の中に川あり渡し舟　正岡子規《まさおかしき》

舟を得て故山《こざん》に釣るや木《こ》の芽時《めどき》　飯田蛇笏《いいだだこつ》

貝寄風《かいよせ》に乗りて帰郷の船迅《はや》し　中村草田男《なかむらくさたお》

激流に棹《さお》一本の若布刈舟《めかりぶね》　山口誓子《やまぐちせいし》

石垣《いしがき》を突いて廻《まわ》しぬ花見船《はなみぶね》　綾部仁喜《あやべじんき》

夏

簾《みす》下げて誰《た》が妻ならん涼《すず》み舟《ぶね》　秋色《しゅうしき》

牛のせて涼しや淀《よど》の渡し舟　正岡子規

夏川や榎《えのき》をかぶる渡船《とせん》小屋　富安風生《とみやすふうせい》

夏の潮青く船首《せんしゅ》は垂直に　山口誓子

手を出せばすぐに潮ある船遊び　山口波津女《やまぐちはつじょ》

どんこ舟合歓《ねむ》咲く下の櫂《かい》さばき　能村研三《のむらけんぞう》

秋

乳《ち》を出して船漕《こ》ぐ海士《あま》や蘆《あし》の花　北枝《ほくし》

抱下《だきお》ろす君が軽《かろ》みや月見船《つきみぶね》　嘯山《しょうざん》

舟遊ぶ飛騨《ひだ》古川《ふるかわ》や夕蜻蛉《ゆうとんぼ》　河東碧梧桐《かわひがしへきごとう》

捨団扇《すてうちわ》ありて遊船《ゆうせん》雨ざらし　鈴木花蓑《すずきはなみの》

舟人《ふなびと》の眠れる棹に蜻蛉《とんぼ》かな　　石島雉子郎《いしじまきじろう》

初潮《はつしお》の舟旅なれや熊野《くまの》まで　　清水基吉《しみずもとよし》

冬

帆かけ舟あれや堅田《かたた》の冬げしき　　其角《きかく》

鱈船《たらぶね》や比良《ひら》より北は雪げしき　　李由《りゆう》

女一人僧一人雪の渡し哉《かな》　　内藤鳴雪《ないとうめいせつ》

雪嶺《せつれい》よ女ひらりと船に乗る　　石田波郷《いしだはきょう》

玄海《げんかい》の舟出日和《ふなでびより》や冬鴎《ふゆかもめ》　清水基吉《しみずもとよし》

牡蠣船《かきぶね》を赤い襷《たすき》のちらちらす　川崎展宏《かわさきてんこう》

新年

藪入《やぶいり》の二人落ちあふ渡し哉　正岡子規《まさおかしき》

三十石船唄淀《ふなうたよど》の初霞《はつがすみ》　宮坂静生《みやさかしずお》

『道』

春

山路《やまじ》来て何やらゆかしすみれ草《ぐさ》　　芭蕉《ばしょう》

むめがゝにのつと日の出る山路かな　　芭蕉

大和路《やまとじ》や春立つ山の雲かすみ　　飯田蛇笏《いいだだこつ》

高きより散りくる花や貴船《きぶね》みち　　田中王城《たなかおうじょう》

海見えて切通《きりどお》しより春の道　　大野林火《おおのりんか》

夏

清水《きよみず》の阪のぼり行く日傘かな　　正岡子規《まさおかしき》

青田貫《つらぬ》く一本の道月照らす
臼田亜浪《うすだあろう》

泉への道後《おく》れゆく安《やす》けさよ
石田波郷《いしだはきよう》

伊勢みちの途中鳴きたる蟇《ひきがえる》
桂信子《かつらのぶこ》

新しき道のさびしき麦の秋
上田五千石《うえだごせんごく》

秋

信濃路《しなのじ》やどこ迄つゞく秋の山
正岡子規《まさおかしき》

稲刈つて飛鳥《あすか》の道のさびしさよ
日野草城《ひのそうじよう》

街道の坂に熟《う》れ柿灯《ひ》を点《とも》す　山口誓子《やまぐちせいし》

香煙《こうえん》にけぶる近江路《おうみじ》秋彼岸《ひがん》　川崎展宏《かわさきてんこう》

日向路《ひゅうがじ》の咲けば列なす曼珠沙華《まんじゅしゃげ》　鷹羽狩行《たかはしゅぎょう》

冬

昨日しぐれ今日又しぐれ行く木曾路《きそじ》　夏目漱石《なつめそうせき》

眠る山佐渡《さど》見ゆるまで径《みち》のあり　前田普羅《まえだふら》

十一月吉備路《きびじ》は塔と丸き山　大野林火《おおのりんか》

越後路《えちごじ》の軒《のき》つき合《あわ》す雪囲《ゆきがこい》　松本《まつもと》たかし

国東《くにさき》や枯れていづくも仏みち　能村登四郎《のむらとしろう》

『橋』

春

春水《しゅんすい》や四条五条の橋の下　蕪村《ぶそん》

永き日を順礼《じゅんれい》渡る瀬田《せた》の橋　夏目漱石《なつめそうせき》

板橋や春もふけゆく水あかり　芝不器男《しばふきお》

ゆるやかに橋潜《くぐ》りをり花筏《はないかだ》　石塚友二《いしづかともじ》

立春の米こぼれをり葛西橋《かさいばし》　石田波郷《いしだはきょう》

夏

涼しさに四《よ》つ橋《ばし》を四つ渡りけり　来山《らいざん》

つり橋に乱れて涼し雨のあし　正岡子規《まさおかしき》

夏山や吊橋《つりばし》かけて飛騨《ひだ》に入る　前田普羅《まえだふら》

葉柳《はやなぎ》や大原女《おはらめ》と逢《あ》ふ橋の上　高橋淡路女《たかはしあわじじょ》

勝鬨《かちどき》は男橋《おはし》や波に夏きざす　文挾夫佐恵《ふばさみふさえ》

秋

渡り来し橋を真下や紅葉茶屋《もみじぢやや》　富安風生《とみやすふうせい》

かけ橋やいざよふ月を水の上　飯田蛇笏《いいだだこつ》

夜寒《よさむ》さの松江《まつえ》は橋の美しき　森澄雄《もりすみお》

通草《あけび》の種《たね》吹く吊橋《つりばし》を渡りつつ　小澤實《おざわみのる》

宇治橋《うじばし》の擬宝珠《ぎぼし》に触れて赤とんぼ　西宮舞《にしみやまい》

冬

初雪やかけかゝりたる橋の上
芭蕉《ばしょう》

幾人《いくたり》かしぐれかけぬく勢田《せた》の橋
丈草《じょうそう》

鍋さげて淀の小橋を雪の人
蕪村《ぶそん》

時雨《しぐ》るるや麻布《あざぶ》二の橋三の橋
久保田万太郎《くぼたまんたろう》

大年《おおとし》のはりまや橋の辻に佇《た》つ
鈴木真砂女《すずきまさじょ》

百景のひとつの橋に雪ふれり
仁平勝《にひらまさる》

新年

三条の橋を越えたる御慶《ぎょけい》かな

許六《きょりく》

橋二つ越えて日のさす恵方道《えほうみち》

福田甲子雄《ふくだきねお》

『鉄道・駅』

春

とまりたる夜汽車の窓や桑にほふ

石橋辰之助《いしばしたつのすけ》

やりすごす夜汽車の春の燈《ひ》をつらね

木下夕爾《きのしたゆうじ》

花杏《はなあんず》汽車を山から吐《は》きにけり　飴山《あめやま》實《みのる》

山越えて来る列車待つ春の雪　福田甲子雄

伊吹《いぶき》残雪旧《ふる》き駅舎《えきしや》の釣ランプ　鍵和田《かぎわだ》秞子《ゆうこ》

終点の上野に春のホームあり　仁平《にひら》勝《まさる》

夏

夏草に汽罐車《きかんしや》の車輪来て止《とま》る　山口《やまぐち》誓子《せいし》

さよならと梅雨の車窓《しやそう》に指で書く　長谷川《はせがわ》素逝《そせい》

小田原《おだわら》に下車して土用鰻《どようううなぎ》かな　清水基吉《しみずもとよし》

炎天より僧ひとり乗り岐阜羽島《ぎふはしま》　森澄雄《もりすみお》

湯の町が終着駅や帚草《ははきぐさ》　加藤三七子《かとうみなこ》

香水の香《か》あり一貨車過ぐを待つ　藤田湘子《ふじたしょうし》

秋

轟々《ごうごう》と霧の中行く列車哉《かな》　徳田秋声《とくだしゅうせい》

終列車の扉《と》の霧衝《きりつ》いて一人下車　竹下《たけした》しづの女《じょ》

葛飾《かつしか》の月の田圃《たんぼ》を終列車　川端茅舎《かわばたぼうしゃ》

町裏に汽車がつきゐて秋の海　中村汀女《なかむらていじょ》

黄落《こうらく》のなかをただよふ小海線《こうみせん》　桂信子《かつらのぶこ》

秋すでに風のひびきの湖西線《こせいせん》　桂信子

冬

汽《き》車道《しゃみち》の一《ひと》すぢ長し冬木立《ふゆこだち》　正岡子規《まさおかしき》

汽車は裾《すそ》を大廻《おおまわ》り行く冬の山　西山泊雲《にしやまはくうん》

車窓いつか雪となりをり知らず編む　桂信子《かつらのぶこ》

牡蠣《かき》提《さ》げて夜の広島駅にあり　山崎《やまざき》ひさを

木枯《こがらし》や星置《ほしおき》といふ駅に降り　片山由美子《かたやまゆみこ》

冬ざれの駅を持たざる鉄路《てつろ》かな　櫂未知子《かいみちこ》

新年

波音の由比ヶ浜《ゆいがはま》より初電車　高浜虚子《たかはまきよし》

貨物車は夜空を行けり初昔《はつむかし》　櫂未知子

『町』

春

下町は雨になりけり春の雪　正岡子規《まさおかしき》

木屋町《きやまち》や裏を流るゝ春の水　河東碧梧桐《かわひがしへきごとう》

行雁《ゆくかり》や雨に落ちつく銀座の灯《ひ》　渡辺水巴《わたなべすいは》

春の町帯のごとくに坂を垂《た》れ　富安風生《とみやすふうせい》

長崎は猫多き町さくらどき　宮坂静生《みやさかしずお》

夏

鎌倉は海湾入《わんにゅう》し避暑の町　高浜虚子《たかはまきょし》

立山《たてやま》のかぶさる町や水を打つ　前田普羅《まえだふら》

漁師町に色街《いろまち》つづく薄暑《はくしょ》かな　桂信子《かつらのぶこ》

水打つて木屋町《きやまち》はまだ宵《よい》のうち　藤田湘子《ふじたしょうし》

鱧《はも》ずしや道頓堀《とんぼり》に灯の映《うつ》りそめ　鷹羽狩行《たかはしゅぎょう》

秋

浅草や夜長《よなが》の町の古着店　永井荷風《ながいかふう》

秋雨にぬれて美し高野町《こうやちよう》　富安風生《とみやすふうせい》

秋惜しみをれば遥《はる》かに町の音　楠本憲吉《くすもとけんきち》

湯の街は端《はし》より暮るる鳳仙花《ほうせんか》　川崎展宏《かわさきてんこう》

秋深く博多中州《はかたなかす》の屋台の灯　福田甲子雄《ふくだきねお》

冬

呉線《くれせん》の小さき町も牡蠣《かき》の浦　富安風生

雪の日の鷗《かもめ》がとぶや茅場町《かやばちょう》
大場白水郎《おおばはくすいろう》

古町の地下酒場なるおでん鍋《なべ》
石塚友二《いしづかともじ》

諏訪《すわ》の町湖《うみ》もろともに凍《い》てにけり
石橋辰之助《いしばしたつのすけ》

鎌倉の町を埋《うず》める落葉かな
長谷川櫂《はせがわかい》

第三章　【生活】

『衣服』

春

老妓《ろうぎ》ひとり春夜《しゅんや》の舞の足袋《たび》白し　渡辺水巴《わたなべすいは》

春燈《しゅんとう》や衣桁《いこう》に明日の晴の帯　富安風生《とみやすふうせい》

花衣《はなごろも》ぬぐやまつはる紐《ひも》いろ〳〵　杉田久女《すぎたひさじょ》

坐《すわ》りたるまゝ帯とくや花疲れ　鈴木真砂女《すずきまさじょ》

野遊びの着物のしめり老夫婦　桂信子《かつらのぶこ》

夏

張りとほす女の意地や藍《あい》ゆかた

杉田久女

浴衣《ゆかた》裁《た》つこころ愉《たの》しき薄暑《はくしよ》かな

高橋淡路女《たかはしあわじじよ》

羅《うすもの》をゆるやかに着て崩《くず》れざる

松本《まつもと》たかし

夏帯や一途《いちず》といふは美しく

鈴木真砂女

朝涼《あさすず》や紺《こん》の井桁《いげた》の伊予絣《いよがすり》

清水基吉《しみずもとよし》

桐《きり》咲くや泣かせて締《し》むる博多帯《はかたおび》

西嶋《にしじま》あさ子《こ》

秋

ふところに紺《こん》の香《か》高し秋袷《あきあわせ》　前田普羅《まえだふら》

日本の女に秋の袷あり　石塚友二《いしづかともじ》

ちかぢかと富士の暮れゆく秋袷　綾部仁喜《あやべじんき》

冬

うれしさや着たり脱いだり冬《ふゆ》羽織《ばおり》　村上鬼城《むらかみきじょう》

峡《きょう》深く住む家族みなちゃんちゃんこ　鍵和田秞子《かぎわだゆうこ》

重ね着て母の編みたるものばかり　西嶋《にしじま》あさ子《こ》

新年

京染《きょうぞめ》のそめ上がりたる春着かな　中村吉右衛門《なかむらきちえもん》

誰《た》が妻とならむとすらむ春着の子　日野草城《ひのそうじょう》

膝《ひざ》に来て模様に満ちて春著《はるぎ》の子　中村草田男《なかむらくさたお》

『食』

春

街の雨鶯餅《うぐいすもち》がもう出たか　富安風生《とみやすふうせい》

ゆで玉子むけばかがやく花曇《はなぐもり》　中村汀女《なかむらていじょ》

若狭《わかさ》には仏《ほとけ》多くて蒸鰈《むしがれい》　森澄雄《もりすみお》

貝こきと噛《か》めば朧《おぼろ》の安房《あわ》の国　飯田龍太《いいだりゅうた》

昨日今日波音のなし白子干《しらすぼし》　清崎敏郎《きよさきとしお》

山の名の酒は立山干鰈《たてやまほしがれい》　小島健《こじまけん》

夏

清滝《きよたき》の水汲《くみ》よせてところてん　芭蕉《ばしょう》

宇治《うじ》に似て山なつかしき新茶かな　支考《しこう》

大阪の祭つぎ〳〵鱧《はも》の味　青木月斗《あおきげっと》

柏餅《かしわもち》古葉を出《い》づる白さかな　渡辺水巴《わたなべすいは》

新茶汲《く》むや終りの雫《しずく》汲みわけて　杉田久女《すぎたひさじょ》

青笹《あおざさ》の一片沈む冷《ひや》し酒　綾部仁喜《あやべじんき》

夏料理岩牡蠣《いわがきがら》殻のまま盛られ　宮津昭彦《みやつあきひこ》

秋

新蕎麦《しんそば》や熊野《くまの》へつゞく吉野山　許六《きょりく》

新米《しんまい》の其《その》一粒の光かな　高浜虚子《たかはまきょし》

子にうつす故里《ふるさと》なまり衣被《きぬかつぎ》　石橋秀野《いしばしひでの》

ひとり酌む津和野《つわの》の宿の菊膾《きくなます》　中村苑子《なかむらそのこ》

やはらかく重ねて月見団子《つきみだんご》かな　山崎《やまざき》ひさを

松茸飯《まつたけめし》美濃路《みのじ》の別れ明るうす　鍵和田秞子《かぎわだゆうこ》

かたまつて鬼も暖《だん》とる新《あら》ばしり　中原道夫《なかはらみちお》

冬

有明《ありあけ》もみそかにちかし餅《もち》の音《おと》　芭蕉《ばしょう》

壇《だん》の浦《うら》を見にもゆかずに河豚《ふぐ》をくふ　高浜虚子

鍋焼《なべやき》ときめて暖簾《のれん》をくぐり入る　西山泊雲《にしやまはくうん》

寄鍋《よせなべ》やたそがれ頃の雪もよひ　杉田久女《すぎたひさじょ》

おでん酒酌《く》むや肝胆相照《かんたんあい》らし　山口誓子《やまぐちせいし》

ぶちぬきの部屋の敷居《しきい》や桜鍋《さくらなべ》　綾部仁喜《あやべじんき》

鯛焼《たいやき》を割つて五臓《ごぞう》を吹きにけり　中原道夫《なかはらみちお》

新年

屠蘇《とそ》つげよ菊の御紋《ごもん》のうかむまで　本田あふひ《ほんだあおい》

小正月《こしょうがつ》地酒越後《えちご》の八海山《はっかいさん》　鈴木真砂女《すずきまさじょ》

祝箸《いわいばし》置けば津軽の風のこゑ　宮坂静生《みやさかしずお》

くろがねのものはかがやき節料理《せちりょうり》　片山由美子《かたやまゆみこ》

『住居』

春

遠ざけて引寄せもする春火桶《はるひおけ》　高浜虚子《たかはまきょし》

垣《かき》の竹青くつくろひ終りたる　高浜虚子

指軽く触れてすべりて春障子《はるしょうじ》　富安風生《とみやすふうせい》

解きし髪生きし春夜《しゆんや》の畳《たたみ》かな　長谷川《はせがわ》かな女《じよ》

立春の雪白無垢《しろむく》の藁家《わらや》かな　川端茅舎《かわばたぼうしや》

春障子燃ゆるばかりに目覚《めざ》めたる　文挾夫佐恵《ふばさみふさえ》

夏

行く雲をねてゐて見るや夏座敷《なつざしき》　野坡《やば》

川風や燈火《ともしび》消えて蚊屋《かや》の月　幸田露伴《こうだろはん》

座敷より厨《くりや》を見せず夏のれん　大場白水郎《おおばはくすいろう》

帰り来て妻子の蚊帳《かや》をせまくする
石橋辰之助《いしばしたつのすけ》

いちまいの簾《すだれ》の奥の暮しかな
鈴木貞雄《すずきさだお》

風鈴《ふうりん》をしまふは淋し仕舞《しま》はぬも
片山由美子《かたやまゆみこ》

秋

秋灯《しゅうとう》や夫婦互《たがい》に無き如《ごと》く
高浜虚子《たかはまきょし》

くろがねの秋の風鈴《ふうりん》鳴りにけり
飯田蛇笏《いいだだこつ》

白妙《しろたえ》の菊の枕《まくら》を縫《ぬ》ひ上げし
杉田久女《すぎたひさじょ》

大寺に障子はる日の猫子猫　三好達治《みよしたつじ》

ふるさとの暗き灯に吊《つ》る秋の蚊帳　桂信子《かつらのぶこ》

障子洗へば桟《さん》に透《す》く山河かな　鷹羽狩行《たかはしゅぎょう》

冬

大原女《おはらめ》の足投げ出して囲炉裏《いろり》哉　召波《しょうは》

障子あけて置く海も暮れ切る　尾崎放哉《おざきほうさい》

のぼせたる頬《ほお》美しや置炬燵《おきごたつ》　日野草城《ひのそうじょう》

ふりむけば障子の桟《さん》に夜の深さ　長谷川素逝《はせがわそせい》

うしろ手に閉めし障子の内と外　中村苑子《なかむらそのこ》

とくとくと血は巡《めぐ》るかな冬至風呂《とうじぶろ》　中村苑子

『行事・祭』

春

水とりや氷の僧の沓《くつ》の音　芭蕉《ばしょう》

花御堂《はなみどう》月も上らせ給《たま》ひけり　一茶《いっさ》

人の子の花の十三参《じゆうさんまいり》かな
松根東洋城《まつねとうようじよう》

大和なる雪の山々紀元節《きげんせつ》
富安風生《とみやすふうせい》

わらべらに天かゞやきて花祭《はなまつり》
飯田蛇笏《いいだだこつ》

春の夜《よ》や都踊《みやこおどり》はよういやさ
日野草城《ひのそうじよう》

仕《つかまつ》る手に笛もなし古雛《ふるひいな》
松本《まつもと》たかし

祝辞《しゆくじ》みな未来のことや植樹祭
田川飛旅子《たがわひりよし》

祝詞《のりと》すぐ田の風に乗り春祭
鍵和田秞子《かぎわだゆうこ》

夏

鉾《ほこ》にのる人のきほひも都《みやこ》かな
其角《きかく》

さうぶ湯やさうぶ寄《より》くる乳《ち》のあたり
白雄《しらお》

江戸住《ずみ》や二階の窓の初のぼり
一茶《いっさ》

大阪の川の天神祭《てんじんまつ》りかな
青木月斗《あおきげつと》

大団扇《うちわ》三社祭《さんじゃまつり》を煽《あお》ぎたつ
長谷川《はせがわ》かな女《じょ》

神田川《かんだがわ》祭の中をながれけり
久保田万太郎《くぼたまんたろう》

ゆくもまたかへるも祇園囃子《ぎおんばやし》の中　橋本多佳子《はしもとたかこ》

胸板《むないた》に祭太鼓《まつりだいこ》を打込まれ　山口誓子《やまぐちせいし》

雀《すずめ》らも海かけて飛べ吹流《ふきなが》し　石田波郷《いしだはきょう》

秋

送火《おくりび》の山へのぼるや家の数　丈草《じょうそう》

七夕《たなばた》や髪ぬれしまま人に逢《あ》ふ　橋本多佳子

日ぐれ待つ青き山河よ風の盆《ぼん》　大野林火《おおのりんか》

火祭や鞍馬《くらま》の町は坂がかり　　鈴木真砂女《すずきまさじょ》

妻遠き夜を大文字《だいもんじ》四方に燃ゆ　　三谷《みたに》 昭《あきら》

石段のはじめは地《じ》べた秋祭　　三橋敏雄《みつはしとしお》

いくたびも月にのけぞる踊《おどり》かな　　加藤三七子《かとうみなこ》

竿灯《かんとう》が揺れ止《や》み天地ゆれはじむ　　鷹羽狩行《たかはしゅぎょう》

格子戸《こうしど》を風の盆唄《ぼんうた》流しゆく　　三村純也《みむらじゅんや》

冬

うつくしき羽子板市《はごいたいち》や買はで過ぐ
高浜虚子《たかはまきょし》

山国の闇おそろしき追儺《ついな》かな
原石鼎《はらせきてい》

顔見世《かおみせ》やおとづれはやき京の雪
久保田万太郎《くぼたまんたろう》

振袖《ふりそで》の丈《たけ》より長し千歳飴《ちとせあめ》
石塚友二《いしづかともじ》

暗きより暗きにもどる除夜詣《じょやもうで》
能村登四郎《のむらとしろう》

柚子風呂《ゆずぶろ》に浸《ひた》す五体の蝶番《ちょうつがい》
川崎展宏《かわさきてんこう》

山国の闇うごき出す除夜《じょや》の鐘《かね》　鷹羽狩行《たかはしゅぎょう》

節分《せつぶん》や海の町には海の鬼　矢島渚男《やじまなぎさお》

甲斐駒《かいこま》に月のしたたる里神楽《さとかぐら》　橋本榮治《はしもとえいじ》

新年

どんど焼《やき》どんどゝ雪の降りにけり　一茶《いっさ》

出初式梯子《でぞめしきはしご》の空の上天気《じょうてんき》　富安風生《とみやすふうせい》

なまはげを襖《ふすま》のかげで見る子かな　中村苑子《なかむらそのこ》

日本に松と縄《なわ》あり初詣《はつもうで》　藤《ふじ》田《た》湘《しよう》子《し》

弓始《ゆみはじめ》弓の形の国なれば　藤田湘子

大空に蹴《け》あげて高し鞠始《まりはじめ》　山崎《やまざき》ひさを

注連縄《しめなわ》に撚《よ》られし藁《わら》の誇らしく　矢島《やじま》渚男《なぎさお》

天井へ響く柏手《かしわで》初灯《はつともし》　三村《みむら》純也《じゆんや》

『遊び』

春

凧《いかのぼり》きのふの空のありどころ
山吹《やまぶき》にひとり客あり茶の煙
大門や夜桜《よざくら》深く灯《ひ》ともれり
青空のいつみえそめし梅見かな
夜桜やうらわかき月本郷《ほんごう》に
野遊《のあそ》びの終り太平洋に出《い》づ

蕪村《ぶそん》
樗堂《ちょどう》
正岡子規《まさおかしき》
久保田万太郎《くぼたまんたろう》
石田波郷《いしだはきょう》
大串章《おおぐしあきら》

夏

面白《おもしろう》てやがてかなしき鵜《う》ぶね哉《かな》　芭蕉《ばしょう》

夕飯や花火聞《きこ》ゆる川開《かわびらき》　正岡子規《まさおかしき》

海水浴この朝潮の紺《こん》に染《そ》まむ　大谷碧雲居《おおたにへきうんきょ》

遊船《ゆうせん》のさんざめきつつすれ違ひ　杉田久女《すぎたひさじょ》

一輪の花となりたる揚花火《あげはなび》　山口誓子《やまぐちせいし》

川床《かわゆか》よりもむしろ涼しき京夫人　清水基吉《しみずもとよし》

秋

岩はなやこゝにもひとり月の客　去来《きょらい》

何着てもうつくしうなる月見かな　千代女《ちよじょ》

紅葉見や用意かしこき傘《かさ》弐本《にほん》　蕪村《ぶそん》

仁和寺《にんなじ》を道の序《ついで》や紅葉狩《もみじがり》　松根東洋城《まつねとうようじょう》

盆は皆に逢《お》ふて踊つて一夜きり　大野林火《おおのりんか》

山里は磐《いわ》を祀《まつ》りて相撲《すもう》かな　矢島渚男《やじまなぎさお》

冬

いざ行《ゆか》む雪見にころぶ所《ところ》まで　芭蕉《ばしょう》

しぐるゝや灯《ともし》待たるゝ能舞台《のうぶたい》　本田《ほんだ》あふひ《あおい》

門を出て行先まどふ雪見かな　永井荷風《ながいかふう》

うづくまりさも寒釣《かんづり》といふ姿　富安風生《とみやすふうせい》

探梅《たんばい》やのつと見えたる三笠山　山本梅史《やまもとばいし》

思はざる急流とあふ探梅行《こう》　能村登四郎《のむらとしろう》

新年

大空に羽子《はね》の白妙《しろたえ》とどまれり　高浜虚子《たかはまきょし》

日《ひ》の本《もと》のその荒事《あらごと》や初芝居《はつしばい》　松根東洋城《まつねとうようじょう》

絵《え》双六《すごろく》都《みやこ》見ゆるに君遅し　渡辺水巴《わたなべすいは》

羽《は》子《ご》板《いた》の重きが嬉し突《つ》かで立つ　長谷川《はせがわ》かな女《じょ》

白洲《しらす》ある古き舞台の能始《のうはじめ》　松本《まつもと》たかし

数といふうつくしきもの手毬唄《てまりうた》　鷹羽狩行《たかはしゅぎょう》

第四章　【動物】

『獣』

春

春雨や降るともしらず牛の目に　来山《らいざん》

角《つの》落ちてはづかしげなり山の鹿《しか》　一茶《いっさ》

仰山《ぎょうさん》に猫ゐやはるわ春灯《はるともし》　久保田万太郎《くぼたまんたろう》

春の鹿夜明けの谷を渡りけり　大串《おおぐし》章《あきら》

春駒《はるごま》のたてがみすでに風と和す　小澤克己《おざわかつみ》

夏

馬独《ひと》り忽《こつ》と戻りぬ飛ぶ蛍　河東碧梧桐《かわひがしへきごとう》

冷《ひや》されて牛の貫禄《かんろく》しづかなり　秋元不死男《あきもとふじお》

おおかみに螢《ほたる》が一つ付《つ》いていた　金子兜太《かねことうた》

鹿の子のひとりあるきに草の雨　鷲谷七菜子《わしたにななこ》

月見草牛は四肢《しし》より暮れそめて　藤田湘子《ふじたしょうし》

秋

鹿の目の朝日にむかふ高根かな　李由《りゆう》

藁《わら》しべの括《くく》り髪なる秋の駒《こま》　中村苑子《なかむらそのこ》

制服の少女あふれて鹿の奈良　加藤三七子《かとうみなこ》

闘牛《とうぎゅう》の黒緘《くろおどし》ゆく豊の秋　綾部仁喜《あやべじんき》

火の国は水に恵まれ馬肥《こ》ゆる　戸恒東人《とつねはるひと》

冬

何もかも知つてをるなり竈猫《かまどねこ》　富安風生《とみやすふうせい》

叱《しか》られて目をつぶる猫春隣《ねこはるとなり》　久保田万太郎《くぼたまんたろう》

雪山に日のあたりたる馬のいななき　富澤赤黄男《とみざわかきお》

しぐれ来《く》と首ふり立てて三春駒《みはるごま》　中村苑子

狼のたどる稜線《りようせん》かもしれぬ　石田郷子《いしだきようこ》

『鳥』

春

雲雀《ひばり》より空にやすらふ峠《とうげ》哉《かな》　芭蕉《ばしょう》

春の日や庭に雀《すずめ》の砂あびて　鬼貫《おにつら》

鶯《うぐいす》や障子あくれば東山《ひがしやま》　夏目漱石《なつめそうせき》

燕《つばくろ》や酒蔵《さかぐら》つゞく灘《なだ》伊丹《いたみ》　正岡子規《まさおかしき》

永き日のにはとり柵《さく》を越えにけり　芝不器男《しばふきお》

鶯のこゑ前方《ぜんぽう》に後円《こうえん》に　鷹羽狩行《たかはしゆぎょう》

夏

郭公《ほととぎす》声横たふや水の上　芭蕉

谺《こだま》して山ほととぎすほしいまゝ　杉田久女《すぎたひさじょ》

翡翠《かわせみ》の影こん〳〵と遡《さかのぼ》り　川端茅舎《かわばたぼうしゃ》

村人に微笑仏《みしょうぶつ》ありほととぎす　秋元不死男《あきもとふじお》

波にのり波にのり鵜《う》のさびしさは　山口誓子《やまぐちせいし》

子燕《こつばめ》のこぼれむばかりこぼれざる　小澤實《おざわみのる》

秋

小鳥来る音うれしさよ板庇《いたびさし》　蕪村《ぶそん》

色鳥《いろどり》を待つや端居《はしい》の絵具皿　松瀬青々《まつせせいせい》

大空に又わき出《い》でし小鳥かな　高浜虚子《たかはまきよし》

秋風や笹にとりつく稲《いな》すゞめ　飯田蛇笏《いいだだこつ》

一列は一途《いちず》のかたち雁《かり》渡る　西嶋《にしじま》あさ子《こ》

渡り鳥日本のいづこでも眠れ　仙田洋子《せんだようこ》

冬

鶏《とり》の觜《はし》に氷こぼるる菜屑《なくず》かな　白雄《しらお》

鶴《つる》舞ふや日は金色《こんじき》の雲を得て　杉田久女《すぎたひさじょ》

鴨《かも》群るるさみしき鴨をまた加へ　大野林火《おおのりんか》

凍鶴《いてづる》に忽然《こつぜん》と日の流れけり　石橋秀野《いしばしひでの》

日のあたるところがほぐれ鴨の陣《じん》　飴山實《あめやまみのる》

白鳥《はくちょう》といふやはらかき舟一つ　鍵和田《かぎわだ》秞子《ゆうこ》

新年

初雀《はつすずめ》翅《つばさ》ひろげて降《お》りにけり　村上《むらかみ》鬼城《きじょう》

元日を飼はれて鶴《つる》の啼《な》きにけり　臼田《うすだ》亜浪《あろう》

初雀一羽一羽に未来あり　大串《おおぐし》章《あきら》

『虫』

春

川底に蝌《か》蚪《と》の大国ありにけり　村上鬼城《むらかみきじょう》

ひらひらと蝶々黄なり水の上　正岡子規《まさおかしき》

初蝶来《く》何色と問ふ黄と答ふ　高浜虚子《たかはまきょし》

蛙《かわず》たくさん鳴かせ灯《ひ》を消して寝る　尾崎放哉《おざきほうさい》

高々と蝶こゆる谷の深さかな　原石鼎《はらせきてい》

蛙の目越えて漣《さざなみ》又さゞなみ　川端茅舎《かわばたぼうしゃ》

夏

かたつぶり角《つの》ふりわけよ須磨明石《すまあかし》　芭蕉《ばしよう》

大螢《おおぼたる》ゆらり〳〵と通りけり　一茶《いつさ》

人寝《い》ねて蛍飛ぶ也《なり》蚊帳《かや》の中　正岡子規《まさおかしき》

大地いましづかに揺れよ油蟬《あぶらぜみ》　富澤赤黄男《とみざわかきお》

ゆるやかに着てひとと逢《あ》ふ蛍の夜　桂信子《かつらのぶこ》

飛騨《ひだ》の夜を大きくしたる牛蛙《うしがえる》　森澄雄《もりすみお》

秋

行水《ぎょうずい》の捨てどころなきむしのこゑ　鬼貫《おにつら》

ふるさとの土の底から鉦《かね》たたき　種田山頭火《たねださんとうか》

とどまればあたりにふゆる蜻蛉《あきつ》かな　中村汀女《なかむらていじょ》

秋天に投げてハタハタ放ちけり　篠原鳳作《しのはらほうさく》

妻籠《つまごめ》に蓑虫《みのむし》の音《ね》をきく日かな　石田波郷《いしだはきょう》

虫ごゑの千万《せんばん》の燈《ともし》みちのくに　川崎展宏《かわさきてんこう》

冬

日のあたる硯《すずり》の箱や冬の蠅《はえ》　正岡子規《まさおかしき》

雪虫のゆらゆら肩を越えにけり　臼田亜浪《うすだあろう》

凍蝶《いてちょう》に指ふるゝまでちかづきぬ　橋本多佳子《はしもとたかこ》

童女《どうじょ》より冬蝶のぼるかがやきて　橋本多佳子

『魚介』

春

さざ波や古き都の初もろこ　内藤鳴雪《ないとうめいせつ》

俎板《まないた》に鱗《うろこ》ちりしく桜鯛《さくらだい》　正岡子規

比良《ひら》ばかり雪をのせたり初諸子《はつもろこ》　飴山實《あめやまみのる》

金色《こんじき》の鯉《こい》現れて春の水　鍵和田秞子《かぎわだゆうこ》

水替《みずかえ》の鯉を盥《たらい》に山桜　茨木和生《いばらきかずお》

有明《ありあけ》の空の縹《はなだ》や鯥五郎《むつごろう》　中原道夫《なかはらみちお》

夏

飛ぶ鮎《あゆ》の底に雲ゆく流れかな　鬼貫《おにつら》

若鮎の二手《ふたて》になりて上りけり　正岡子規《まさおかしき》

石狩《いしかり》の岩魚《いわな》を炙《あぶ》る石積めり　長谷川《はせがわ》かな女《じょ》

睡蓮《すいれん》や鯉《こい》の分けゆく花二つ　松本《まつもと》たかし

床下を色鯉《いろごい》の水京の宿　桂信子《かつらのぶこ》

大粒の雨が肘《ひじ》打つ山女釣《やまめつり》　飯田龍太《いいだりゅうた》

秋

鮎落《あゆおち》てたき火ゆかしき宇治《うじ》の里　蕪村《ぶそん》

八月の銀を伸べたり太刀《たち》の魚《うお》　石塚友二《いしづかともじ》

落鮎《おちあゆ》も四万十川《しまんとがわ》も海に果《は》つ　文挾夫佐恵《ふばさみふさえ》

山々は鮎を落《おと》して色づきぬ　森澄雄《もりすみお》

見る限り戻《もど》り鰹《がつお》の潮色に　茨木和生《いばらきかずお》

鮭《さけ》の魂《たま》白き山河へ帰りけり　長谷川櫂《はせがわかい》

冬

日輪は筏《いかだ》にそそぎ牡蠣《かき》育つ　嶋田青峰《しまだせいほう》

霰《あられ》打つ暗き海より獲《と》れし蟹《かに》　松本《まつもと》たかし

薄墨《うすずみ》がひろがり寒の鯉うかぶ　能村登四郎《のむらとしろう》

大輪《だいりん》の越前蟹《えちぜんがに》を笹の上　鷹羽狩行《たかはしゅぎょう》

冬浜《ふゆはま》に浪のかけらの貝拾ふ　上田五千石《うえだごせんごく》

品書《しながき》の鱈《たら》といふ字のうつくしや　片山由美子《かたやまゆみこ》

新年

木《き》屑《くず》より出て伊《い》勢《せ》海《え》老《び》の髭《ひげ》うごく

福《ふく》田《だ》甲《き》子《ね》雄《お》

第五章【植物】

『樹木』

春

春暁《しゅんぎょう》や人こそ知らね木々の雨　日野草城《ひのそうじょう》

しきりなる落花《らっか》の中に幹はあり　長谷川素逝《はせがわそせい》

花のなか太き一樹《いちじゅ》は山ざくら　桂信子《かつらのぶこ》

初燕《はつつばめ》木々また朝をよろこべり　飯田龍太《いいだりゅうた》

なつかしき大樹《たいじゅ》の芽吹《めぶ》く小学校　福田甲子雄《ふくだきねお》

切株《きりかぶ》にランチボックス春の森　山崎《やまざき》ひさを

一本のすでにはげしき花吹雪　片山由美子《かたやまゆみこ》

夏

須磨寺《すまでら》や吹かぬ笛きく木下《こした》やみ　芭蕉《ばしょう》

夏木立《なつこだち》故郷《ふるさと》近くなりにけり　正岡子規《まさおかしき》

大風《おおかぜ》に湧《わ》き立つてをる新樹《しんじゅ》かな　高浜虚子《たかはまきょし》

プラタナス夜《よ》もみどりなる夏は来《き》ぬ　石田波郷《いしだはきょう》

少年に蟬の森かぎりなくあをし　木下夕爾《きのしたゆうじ》

青春かく涼しかりしか楡大樹《にれたいじゅ》　鍵和田秞子《かぎわだゆうこ》

秋

秋空を二つに断《た》てり椎大樹《しいたいじゅ》　高浜虚子《たかはまきょし》

よろこべばしきりに落つる木《こ》の実《み》かな　富安風生《とみやすふうせい》

山栗《やまぐり》の大木《たいぼく》のあるなつかしき　松本《まつもと》たかし

女学生うつしみ匂《にお》ふ照葉《てりは》かな　下村槐太《しもむらかいた》

木の洞《ほら》を通ふ風あり秋の立つ　桂信子《かつらのぶこ》

黒揚羽《くろあげは》九月の樹間《じゅかん》透《す》きとほり　飯田龍太《いいだりゅうた》

冬

斧《おの》入れて香《か》におどろくや冬木立《ふゆこだち》　蕪村《ぶそん》

冬そらや大樹くれんとする静寂《しじま》　飯田蛇笏《いいだだこつ》

冬木立ランプ点《とも》して雑貨店　川端茅舎《かわばたぼうしゃ》

つなぎやれば馬も冬木のしづけさに　大野林火《おおのりんか》

落つる日の嶺《みね》をはしれる樹氷《じゆひよう》かな　石橋辰之助《いしばしたつのすけ》

樹《き》には樹の哀しみのありもがり笛　木下夕爾《きのしたゆうじ》

『花』

春

梅一輪一りんほどのあたたかさ　嵐雪《らんせつ》

なの花や月は東に日は西に　蕪村《ぶそん》

世の中は三日見ぬ間に桜かな　蓼太《りようた》

赤い椿《つばき》白い椿と落ちにけり　河東碧梧桐《かわひがしへきごとう》

咲き満ちてこぼるゝ花もなかりけり　高浜虚子《たかはまきよし》

てのひらに落花《らっか》とまらぬ月夜かな　渡辺水巴《わたなべすいは》

まさをなる空よりしだれざくらかな　富安風生《とみやすふうせい》

山ざくら水平の枝のさきに村　大野林火《おおのりんか》

花ちるや瑞々《みずみず》しきは出羽《でわ》の国　石田波郷《いしだはきょう》

白梅《はくばい》のあと紅梅《こうばい》の深空《みそら》あり　飯田龍太《いいだりゅうた》

桃の咲くそらみつ大和に入りにけり　川崎展宏《かわさきてんこう》

はくれんの一弁とんで昼の月　片山由美子《かたやまゆみこ》

咲きみちて天のたゆたふさくらかな　恩田侑布子《おんだゆうこ》

夏

象潟《きさかた》や雨に西施《せいし》がねぶの花　芭蕉《ばしょう》

牡丹散《ちり》て打《うち》かさなりぬ二三片《にさんべん》　蕪村《ぶそん》

大でまり小でまり佐渡《さど》は美しき　高浜虚子《たかはまきょし》

紫陽花《あじさい》や白よりいでし浅みどり

渡辺水巴《わたなべすいは》

遠き世の如《ごと》く遠くに蓮《はす》の華《はな》

山口誓子《やまぐちせいし》

うちしきてあしたの沙羅《しゃら》のよごれなし

長谷川素逝《はせがわそせい》

ぼうたんの百のゆるるは湯のやうに

森澄雄《もりすみお》

薄あぢさゐ濡れて若狭《わかさ》の細格子《ほそこうし》

鷲谷七菜子《わしたにななこ》

芍薬《しゃくやく》に夜が来て飛騨の酒五合

藤田湘子《ふじたしょうし》

合歓《ねむ》の花この世のような景色かな

鳴戸奈菜《なるとなな》

秋

朝顔に釣瓶《つるべ》とられてもらひ水　千代女《ちよじょ》

朝がほや一輪深き淵《ふち》のいろ　蕪村《ぶそん》

菊分けて水汲《く》む女脛《はぎ》白し　内藤鳴雪《ないとうめいせつ》

白菊《しらぎく》と黄菊と咲いて日本かな　夏目漱石《なつめそうせき》

頂上や殊《こと》に野菊の吹かれ居《お》り　原石鼎《はらせきてい》

かたまりて咲きて桔梗《ききょう》の淋しさよ　久保田万太郎《くぼたまんたろう》

つきぬけて天上の紺曼珠沙華《こんまんじゆしやげ》
山口誓子《やまぐちせいし》

女の香《か》放《はな》ちてその名をみなへし
稲垣《いながき》きくの

丹波《たんば》より京に入るなり藤袴《ふじばかま》
森澄雄《もりすみお》

菊の香や新郎新婦玉のごと
楠本憲吉《くすもとけんきち》

冬

山茶花《さざんか》や雀《すずめ》顔出す花の中
青蘿《せいら》

浮雲《うきぐも》やわびすけの花咲いてゐし
渡辺水巴《わたなべすいは》

八ツ手《やつで》散る楽譜《がくふ》の音符散るごとく
竹下《たけした》しづの女《じょ》

水仙や古鏡《こきょう》の如《ごと》く花をかゝぐ
松本《まつもと》たかし

石蕗《つわ》咲いていよいよ海の紺たしか
鈴木真砂女《すずきまさじょ》

臘梅《ろうばい》の咲くゆゑ淡海《おうみ》いくたびも
森澄雄《もりすみお》

石蕗咲くや心魅《ひ》かるる人とゐて
清崎敏郎《きよさきとしお》

人の世に花を絶やさず返り花《かえりばな》
鷹羽狩行《たかはしゅぎょう》

仮の世のほかに世のなし冬菫《ふゆすみれ》
倉橋羊村《くらはしようそん》

寒梅や十津川村《とつかわ》は崖《がけ》ばかり　矢島渚男《やじまなぎさお》

新年

日の障子太鼓の如し福寿草《ふくじゅそう》　松本《まつもと》たかし

下町や軒端《のきば》の鉢の福寿草　石塚友二《いしづかともじ》

妻の座の日向《ひなた》ありけり福寿草　石田波郷《いしだはきょう》

【選者略歴】

今井義和（いまい・よしかず）

1948年、滋賀県生まれ。同志社大学商学部卒業後、住友商事株式会社入社。
俳句「砂丘」同人。俳号は義堂。
俳句を嗜むかたわら長年にわたり趣味で名句・秀句の収集をおこなう。

【参考文献】

『現代俳句大事典』稲畑汀子・大岡信・鷹羽狩行（三省堂）
『名句鑑賞辞典』飯田龍太・稲畑汀子・森澄雄（角川書店）
『評解名句辞典』麻生磯次・小高敏郎（創拓社出版）
『日本名句辞典』鈴木一雄・外山滋比古（大修館書店）
『俳句鑑賞歳時記』山本健吉（角川ソフィア文庫）
『俳文学大辞典』（角川学芸出版）／『角川俳句大歳時記』（角川学芸出版）
『合本俳句歳時記』（角川学芸出版）／『地名・俳枕必携』（角川学芸出版）
『折々のうた』大岡信（岩波新書）／『一茶俳句集』丸山一彦校注（岩波文庫）
『芭蕉全句集』雲英末雄・佐藤勝明訳注（角川ソフィア文庫）
『俳句人名辞典』常石英明（金園社）
『蕪村句集』玉城司訳注（角川ソフィア文庫）

美しい日本の名俳句1000

2020年9月4日第一刷

選　者　　今井義和

発行人　　山田有司

発行所　　株式会社　彩図社《さいずしゃ》

〒170-0005　東京都豊島区南大塚3-24-4 ＭＴビル
TEL:03-5985-8213
FAX:03-5985-8224

印刷所　　新灯印刷株式会社

URL　https://www.saiz.co.jp
https://twitter.com/saiz_sha

ISBN978-4-8013-0470-3 C0192